로크미디어가
유혹하는
재미있는 세상

ROK
MEDIA
로크미디어

예지몽으로 히든랭커 16

2022년 3월 11일 초판 1쇄 인쇄
2022년 3월 16일 초판 1쇄 발행

지은이 이현비
발행인 김정수 강준규

기획 이기헌 왕소현 박경무 강민구
책임편집 백승미
마케팅지원 배진경 임혜솔 송지유 이영선

발행처 (주)로크미디어
출판등록 2003년 3월 24일
주소 서울시 마포구 성암로 330 DMC첨단산업센터 318호
Tel (02)3273-5135 **편집** 070-7863-8595 **Fax** (02)3273-5134
홈페이지 rokmedia.com **E-mail** rokmedia@empas.com

값 8,000원

ISBN 979-11-354-6416-4 (16권)
ISBN 979-11-354-9382-9 04810 (세트)

예지몽으로 히든랭커

이현비 게임 판타지 장편소설

CONTENTS

조인족

'설인이군.'

초지와 눈밭이 섞여 있는 지역까지 날아간 가온은 키가 5미터에 이르는 거대한 체구의 털북숭이 무리를 보고 이 던전의 보스를 짐작할 수 있었다.

그들은 거대한 몸집을 가진 늑대들을 사냥하고 있었다.

'저게 바로 스노울프구나.'

이름답게 눈처럼 희거나 회색 털이 간혹 보이는 늑대들은 체고가 대충 2미터에 이를 정도로 거대했는데, 눈 위에 가만히 있으면 분간이 잘 가지 않을 것 같았다.

그런 스노울프를 사냥하고 있는 설인들은 전신을 가릴 정도의 길고 흰 털이 가득했는데, 개중에는 다른 개체들보다 머리 하나는 더 큰 놈들도 간혹 보였다.

서른 정도의 설인은 십여 마리의 스노울프를 에워싸고 검은 몽둥이로 공격을 하고 있었는데, 포위망 밖에는 이미 대여섯 마리가 머리가 터지거나 사지의 뼈가 으스러진 채 혀를 길게 내민 모습으로 죽어 있다.

반면에 설인 중 피를 흘리는 개체는 넷 정도였는데, 그중 둘은 움직이는 데는 지장이 없는 듯 흉포한 기세를 발산하면서 스노울프를 공격하고 있었다.

위험한 상황임을 감지한 스노울프들은 어떻게든 포위망을 벗어나려고 했지만 설인들은 지능이 꽤 높은지 세 겹의 포위망을 유지한 상태에서 교대로 스노울프를 공격하고 있었다.

까앙! 깡!

검은 몽둥이와 스노울프의 날카로운 발톱이나 이빨이 부딪힐 때마다 나는 금속성으로 보아 몽둥이는 나무 재질이 아니라 특수한 금속으로 보였다.

스노울프들에게는 불행하게도 설인은 숫자도 많았지만 근력이나 민첩 면에서도 놈들을 능가했다.

퍽! 퍽! 퍽!

얼마 지나지 않아서 설인들에게 포위된 채 공격을 받던 십여 마리의 스노울프는 먼저 죽은 동료들의 뒤를 따라야만 했다.

'호오! 오러를 쓰는구나.'

단순히 힘이 센 게 아니었다. 분명히 스노울프를 가격하는 순간 몽둥이 주위로 오러가 일렁거리며 두 배로 커진 것처럼 보였다.

　필요할 때만 몽둥이에 마나를 주입해서 오러로 감싸는 것을 보면 마나 운용력이 아주 뛰어났다.

　'기사들도 사냥하기 쉽지 않겠는걸.'

　같은 마나를 사용한다면 육체 능력이 높은 쪽이 유리하다. 거기에 인간의 경우 발이 푹푹 빠지는 눈밭이라는 지형까지 고려하면 설인을 사냥하는 것은 기사들에게도 쉽지 않을 것이다.

　'뭐 내 알 바는 아니지만……..'

　설인을 확인한 가온은 이번에는 고산지대가 펼쳐져 있는 반대 방향으로 날아갔다. 그쪽이라면 겔루아비스들이 더 많이 서식할 것 같았다.

　'진혈을 최대한 많이 확보해야 해.'

　겔루아비스가 탄 대륙에도 서식한다고 알려졌지만 서식지와 같은 자세한 정보는 알려져 있지 않으니 사냥할 수 있을 때 최대한 많이 사냥해야만 했다.

　예상이 맞았다. 온통 눈으로 뒤덮인 고산지대의 험준한 암봉과 절벽 지대 곳곳에 겔루아비스 무리가 자리를 잡고 있었다.

던전 천장의 불투명한 막 가까이로 높이 올라간 가온은 겔루아비스 무리를 확인했지만 위치만 기억해 둘 뿐 당장 사냥할 생각은 하지 않았다.

'벼리야, 어때?'

벼리에게 거대화 스킬을 사용하는 동안의 변화를 살펴봐달라고 부탁했었다.

─오빠가 거대화 스킬을 사용한 지 대략 20분 정도가 지났어요. 마나를 추가로 소모하지 않아서 그런지 분당 대략 8의 마나가 소모되고 있어요.

'그럼 몇 시간 정도는 거대화 스킬을 쓸 수 있다는 거네?'

─네. 치환반지도 있으니 마나를 추가로 소모하지 않는다면 종일이라도 가능해요.

'그럼 바로 사냥을 해 봐야겠네.'

이번에는 카우마를 활용하지 않고 자신의 역량으로 직접 사냥할 생각이다.

처음에는 작은 무리를 상대해 볼 생각이다. 초저주파 피어 공격은 물론 냉기 브레스까지 쓸 수 있는 놈들이니 포위되는 것은 피해야만 했다.

그런데 그때 마통기가 진동했다.

─토벌군 대장이에요.

드마르 대장군이다.

가온은 즉시 녹스에게 부탁해서 산중의 적당한 곳으로 공간 이동을 했다.

"온 훈입니다."

—드마르일세. 살펴본다는 것은 어떻게 됐나?

몸이 단 모양이다.

"사냥을 하기로 결정했습니다."

—자네 혼자서 말인가?

드마르가 자신이 혼자 들어온 것을 어떻게 안단 말인가?

'아!'

생각해 보니 게이트에 아무도 배치하지 않았을 리가 없다. 누군가 보급이나 연락을 위해서라도 게이트와 조금 떨어진 곳에 기지를 마련하고 대기하고 있을 테니 드나드는 인원을 감시했을 것이다.

'어떻게 할까?'

혼자 사냥을 한다고 하면 이상하게 볼 것은 물론이고 결과물을 보여 줘도 쉽게 믿지 못할 것이다. 그들의 상식으로는 전혀 이해할 수 없는 능력일 테니 말이다.

그렇다고 자신의 능력이나 카우마의 존재를 알리기는 싫었다. 자칫 세간의 관심이 자신에게 쏠려서 상황에 끌려다닐 수도 있었다.

생명의 아공간에서 지내는 엘프들을 떠올렸지만 그들은 5층을 함께 공략해야만 한다.

"잘 안 들립니다. 왜 이러지?"

츠즈즈즈.

대답이 궁했던 가온은 시간을 끌기 위해서 일부러 소음을 만든 후 마통기를 껐다.

'어떻게 대답을 해야 할까?'

솔직하게 혼자 겔루아비스 백여 마리를 사냥했다고 대답을 해도 상관은 없지만, 쉽게 믿지도 않을 테고, 자신 역시 히든 랭커로 쭉 플레이를 해서 그런지 능력을 다 드러내고 싶지도 않았다.

아마 혼자 겔루아비스를 모두 사냥했다고 하면 난리가 날 것이다.

'유명해져서 무조건 좋은 것만은 아니지.'

그런 경험은 없지만 충분히 유추할 수 있었다.

잠시 고민을 해 봤지만 뾰족한 수가 없었다.

가온은 할 수 없이 리치와 마법 연구를 하고 있을 벼리에게 의념을 보냈다.

─오빠, 조인족의 전설을 이용하면 어떨까요?

'조인족?'

─조인족이라면 저놈들을 사냥하고도 남았을 것 같아요.

조인족은 현실에서는 더 이상 보기 힘든 순혈 엘프나 순혈 드워프과 같은 유사 인류로 와이번도 사냥을 한다는 존재였다.

'와이번을 사냥하며 산다는 조인족이라면 확실히 그럴 수

있지만 조인족이 현재에도 존재할까?'

 ―그거야 알 수 없죠. 고대에는 조인족은 물론 다양한 수인족까지 인류와 함께 살았다니까요. 그 정도로 강력한 종족이 자취를 감춘다는 말이 안 되잖아요. 스파인 산맥이라면 아직까지 남아 있지 않을까요?

 험준한 고산준봉들이 바다처럼 넓게 펼쳐져 있는 스파인 산맥이라면 그럴 가능성은 충분했다.

 '그런데 왜 갑자기 조인족을 떠올린 거야?'

 ―지난번에 오빠가 조력자인 사령술사들과 계약을 했다는 말로 1왕자 측의 의심을 피했잖아요.

 '하지만 게이트의 출입을 감시하고 있는 토벌군이 있는데 어떻게 조인족의 존재를 이용하자는 거지?'

 ―조인족의 존재를 드러낼 방법이 있어요!

 '그게 무슨 소리야?'

 ―갓상점 리스트에서 환영 마법을 본 적이 있어요. 당장 확인해 보세요.

 '환영 마법?'

 ―네. 환영 마법이라면 조인족을 실체가 있는 조력자로 만들 수 있어요.

 그러니까 조인족들이 게이트 안으로 들어오는 모습을 환영 마법으로 보여 주라는 뜻이다.

 '재미있겠네.'

수백 년간 사라진 흑마법사들도 나타난 마당인데 조인족이 출현했다고 해서 세상이 바뀔 정도로 큰일이 될 것 같지는 않았다.

가온은 바로 갓상점에 접속해서 환영 마법을 찾아봤다.

'정말 있었네!'

비싸지는 않았다. B등급인 환영 마법은 공격이나 방어용이 아니라서 그런지 3천 포인트에 구매할 수 있었다.

하지만 이론은 난해했다. 자신 주위에 환영을 만들어 내는 마법진을 순식간에 그려야만 했으니 말이다.

'벼리가 있는 내게는 상관없는 얘기지.'

다행히 매직북 형태라서 이론적인 토대는 쉽게 만들 수 있었다. 실제로 펼치는 것은 벼리가 주도해야만 했지만 말이다.

그렇게 최소한의 방책을 마련한 후 드마르 대장군에게 통신을 했다.

츠즈즈즈.

예의 소음을 내는 것도 잊지 않았다.

—어딘데 연결이 잘 안 되는 거지?

"목표들이 서식하는 협곡입니다. 이제 막 돌풍이 사그라들었습니다."

—돌풍이라면 그럴 수도 있겠군. 그나저나 사냥을 하겠다고 들었네만……

그의 목소리에는 숨길 수 없는 기대감이 짙게 묻어 나왔다.

"당연히 제가 직접 사냥하겠다는 말은 아니었습니다. 다시 던전을 나갔다가 전문 사냥꾼들과 함께 들어와야 할 것 같습니다."

─전문 사냥꾼이라고?

"네. 혹시 몰라서 던전에 들어오기 전에 스파인 산맥을 넘다가 우연히 만난 조인족에게 연락을 취해 두었습니다."

─조, 조인족? 전설의 그 조인족을 말하는 것이 맞나?

역시 드마르는 깜짝 놀랐다.

"그렇습니다."

─조인족이 정말 존재하고 있는 건가?

"확실합니다. 우호의 표식으로 받은 신물을 통해 연락을 했습니다. 사냥이 가능한지에 대한 제 판단을 전제로 이번 의뢰 대금을 걸었더니 흔쾌히 도와주겠다는 대답을 들었습니다."

─그게 정말인가?

"사실입니다."

드마르는 믿을 수가 없는지 몇 번이나 확인을 구해 왔고 가온은 반복해서 대답을 해 주어야만 했다.

─어쩐지 다들 불가능하고 생각하는 의뢰를 받아들여 무슨 수가 있겠거니 하고 기대했는데, 역시 숨겨 둔 패가 있었군.

가온은 상대가 뭔가 굉장히 큰 오해를 하고 있다는 것을 알았지만 굳이 바로잡을 생각은 하지 않았다.

"확인할 것이 있어서 확실하게 의뢰를 수락하지 않은 겁니다."

─자네가 스파인 산맥을 넘어왔다는 정보를 받기는 했지만 사실일 줄은 몰랐네. 그런데 조인족으로 가능할까?

"가능할 겁니다. 그리핀이나 와이번은 물론 겔루아비스도 사냥을 한다는 소리를 들었으니까요. 제가 우려한 것은 그들조차 사냥하길 꺼리는 보스급의 대형종일 경우인데 스파인 산맥과 달리 이곳에 서식하는 놈들은 다행히 작은 놈들입니다."

─잘됐군! 정말 잘됐어! 그게 사실이라면 우리도 준비를 해야겠군.

드마르의 목소리에는 희열감이 가득했다.

"네. 하루 정도면 충분할 겁니다. 다만 조인족은 인간과 접촉하는 것을 꺼리기 때문에 직접 대면하기는 힘들 겁니다."

─협곡의 그놈들만 사라진다면 그게 뭐 대수겠는가. 아무튼 대단하네.

"이제 나가 봐야 할 것 같습니다. 한시라도 빨리 연락을 해야 사냥도 빨리 끝나겠지요."

─알겠네. 잘 부탁하네.

그렇게 말하는 드마르의 목소리에는 기대감과 불안감이 섞여 있었다.

"아직인가?"

아침 무렵에 가온과 통신을 한 이후로 드마르 대장군은 자리에 통 앉아 있지 못했다. 뭐가 그리 불안한지 계속 막사 안을 이리저리 걷다가 통신을 맡은 마법사에게 그렇게 묻곤 했다.

"게이트 기지에서의 연락은 없…… 잠깐만요!"

통신 마법사가 황급히 마통기를 들었다.

"손에 창을 들고 있는 거대한 날개를 가진 인간들이라고 요? 하하하! 그들이 아까 말했던 조인족입니다! 가온 대장으로 추정되는 인물이 조인들과 함께 비행하는 모습도 확인했습니까? 네! 알겠습니다! 수고하십시오!"

초조한 얼굴로 기다리던 드마르를 포함한 수뇌부가 일제히 주먹을 불끈 쥐고 흔들었다.

"정말 조인족을 데리고 올 줄이야!"

"대체 그 젊은 나이에 어떤 경험을 했기에 조인족과 인연을 맺은 걸까요?"

"보통 사이가 아닌 건 확실합니다. 200만 골드가 거금이기는 하지만 조인족에게 의뢰하는 대금으로는 부족함이 있지요. 조인족에게 무슨 은혜라도 베풀었을 겁니다."

"그런데 조인족도 우리 인간이 사용하는 화폐가 필요할까요?"

"정말 조인족이 화이트그리핀 100마리를 사냥할 수 있을까요?"

"온 대장도 그렇게 말했고 조인족이 와이번도 사냥한다는 전설이 사실이라면 그리 어렵지 않을 겁니다."

다양한 반응이 나왔지만 분위기는 다들 조인족의 전설을 알고 있어서 무척 긍정적이었다.

화이트그리핀이 아무리 강력한 비행 마수라고 해도 와이번보다 위험하지는 않다. 다만 이 던전에는 와이번이 서식하지 않기 때문에 이곳에서 제왕 노릇을 하는 것일 뿐이다.

"자, 좋은 소식이 들어오는 대로 협곡을 향해 출발해야 하니 미리 전투 훈련부터 점검하도록 하게!"

통신 마법사의 보고를 들은 드마르의 명령에 수뇌부가 일제히 막사를 빠져나갔다.

한파를 핑계로 한동안 집단 훈련을 하지 않았던 토벌군은 오늘 오전 내내 훈련장에서 굴러야만 했다.

3인, 10인, 100인으로 이루어진 합공 훈련이었다. 설피를 신고 눈이 많이 쌓인 곳에서 하는 훈련이었다.

영문은 알 수 없었지만 토벌군에 포함되었다는 것은 왕국에서도 인정을 받은 정예들인 만큼 극한의 추위조차 잊을 정도로 훈련에 열중했다.

그리고 찾아온 식사 시간.

토벌군은 이곳에서 진군을 멈춘 이후 가장 맛있는 식사를 하고 있었다. 부대별로 식사를 준비하기 때문에 이 시간에 식사를 하지 못하는 이는 경계를 서는 인원들밖에 없었다.

그런데 식사를 방해하는 사건이 벌어졌다.

뎅뎅뎅뎅!

쿵! 쿵! 쿵!

급박한 종소리를 듣기가 무섭게 뭔가 바닥에 강한 타격이 가해지고 땅이 요동치는 것 같은 진동이 느껴졌다.

토벌군은 신분 고하를 막론하고 하얗게 질린 얼굴로 막사 밖으로 뛰어나갔다. 땅의 진동으로 보아 거대한 생물체가 접근하는 것이 틀림없었고 필시 이곳에 서식하는 대형 마수일 거라고 짐작한 것이다.

"그냥 나가지 말고 무기부터 챙겨!"

옆에 두었던 무기를 들고 막사 밖으로 뛰쳐나간 토벌군은 하늘에 떠 있는 거대한 새, 아니 새처럼 생긴 인간들을 보고 깜짝 놀랐다.

"설마 조인족?"

조류와 달리 날개를 제외하면 인간과 동일한 체형과 얼굴을 가지고 있는 존재들을 확인한 토벌군은 경악했는데, 이미 가온과 통신을 했던 수뇌부는 바로 그들의 정체를 알아보았다.

"조인족이다!"

"저, 저들이 왜 이곳에?"

"설마 이 던전에 조인족도 살고 있었던 건가?"

"저건 화이트그리핀이다!"

누군가의 외침에 토벌군의 시선은 대형 연무장에 떨어져 있는 거대한 사체로 쏠렸다.

거대한 동체와 날개, 흰색이거나 엷은 회색 깃털, 보기만 해도 몸서리가 쳐지는 날카롭고 굵은 발톱과 거대한 칼처럼 생긴 날카로운 부리.

그건 그동안 토벌군의 발길을 붙들고 있던 화이트그리핀이 틀림없었다.

열 개에 달하는 대연무장들마다 화이트그리핀 사체가 두세 마리씩 떨어져 있었다.

"조인족들이 화이트그리핀을 사냥했어!"

"우리 편이야!"

토벌군들이 흥분해서 소리를 칠 때 공중을 선회하던 조인족들이 게이트 쪽을 향해 날아가기 시작했다.

그 모습을 지켜보던 드마르 대장군이 오늘 내내 손에 쥐고 있었던 마통기를 귀로 가져갔다. 통신이 들어왔기 때문이다.

"온 대장인가?"

─그렇습니다. 의뢰는 완수했습니다.

바람 소리와 함께 드마르의 기분을 흡족하게 만드는 가온의 목소리가 들려왔다.

"저, 정말인가?"

-네. 협곡은 정리가 끝났습니다. 증거로 사냥한 겔로아비스 24마리의 사체를 가져왔습니다. 나머지는 협곡 바닥이나 위쪽에 있으니 확인하십시오.

일부러 열 마리 정도는 협곡 바닥에 남겨 두었다. 협곡 위로는 올라가지 않을 것이 분명했다.

"……정말 대단하네! 우리 한번 얼굴을 봐야 하지 않겠는가?"

-저도 그러고 싶지만 도와준 조인족들을 배웅해야 하고 현재 다른 대원들이 던전 5층에 들어가 있는 상태라서 도우러 가야만 합니다. 혹시 다른 도움이 더 필요하십니까?

"그건 아닐세. 이런 어처구니없는 업적을 세운 영웅의 얼굴을 직접 보고 싶어서 그러네."

드마르는 진심이었다. 이런 엄청난 일을 직접 한 것은 아니지만 해결한 장본인을 보고 싶었던 것이다.

-던전을 클리어하고 나서 밖에서 뵈면 더 반가울 것 같습니다.

"그렇게 하세. 그런데 의뢰 대금은 전혀 받지 못했다고 들었는데, 조인족들에게는 어떻게 한 건가?"

드마르는 의뢰를 완수했다는 가온의 말을 한 치의 의심도 없이 믿었다. 자신들은 한 마리도 제대로 잡지 못했던 화이트그리핀 사체들까지 직접 확인하지 않았던가.

–그건 우리 클랜이 보유하고 있던 자금으로 선지급했습니다.

"그런데 인간과의 접촉을 극도로 기피한 조인족들에게 어떻게 의뢰를 한 것인가?"

이건 꼭 묻고 싶었다. 산악지대가 많아서 항상 비행 마수의 위협을 받고 있는 왕국의 특성상 언제고 다시 조인족에게 의뢰를 하고 싶었기 때문이다.

–운이 좋았습니다. 마수와 몬스터 들이 준동한 후 스파인 산맥 깊숙한 곳에도 큰 변화가 생긴 모양입니다. 은둔하면서 살아온 조인족의 안전을 위협할 정도의 위기가 찾아온 거지요. 그래서 방법을 찾다가 정기적으로 교류하는 한 혼혈 엘프족이 결계술을 보유하고 있다는 사실을 파악하고 결계술을 어떻게든 구입하려고 했답니다.

"그럼 200만 골드는 그 대가인가?"

인간과 교류가 전혀 없는 조인족이라면 돈이 필요하지 않겠지만 혼혈 엘프족이라면 다를 것이다.

–뭐, 저야 자세한 상황을 알 수 없지만 그 액수를 받아들인 것으로 봐서 그렇지 않겠습니까?

"그래도 이런 엄청난 업적을 세운 자네가 아무런 대가도 못 받는 것은 아니지. 내가 이런 상황을 왕실에 제대로 보고해서 마땅히 받아야 할 보상을 챙길 수 있도록 해 주겠네."

유물도 당연히 지급해야겠지만 그걸로는 이런 말도 안 되는 업적을 세운 온 클랜에 대한 제대로 된 보상이 될 수 없었다.

예지몽으로
히든랭커

－저야 아니지만 대원 상당수가 아그레시아 왕국 출신이니 왕실의 부탁을 무시할 수 없었고, 개인적으로 조인족과의 인연이 있기에 가능하면 의뢰를 완수하려고 한 것뿐이지만. 그렇게 해 주시면 감사할 따름입니다. 부디 안전하고 빠르게 던전을 클리어하시길 바라겠습니다.

　"고맙네! 고마워!"

　드마르 대장군은 온 훈이라는 젊은 강자의 마음이 너무 고마웠다.

　'용병이 아니라 유랑 기사라고 하더니 인성이 제대로군. 정말 아까워. 아무래도 국왕 전하에게 강권해서라도 온 클랜의 활동 무대로 본국으로 바꾸도록 해야겠어.'

　대장을 제외하고도 소드마스터만 여섯 명이라면 이 던전을 클리어하고 난 후 대대적으로 시행될 토벌에서도 큰 도움이 될 것이다.

　'2급 기사 출신들도 있으니 작위는 물론 영지까지 주면 되지 않을까?'

　드마르는 그렇게 혼자만의 꿈까지 꾸었다.

✦

　온 클랜이 불가능하다고 생각했던 3층의 의뢰를 이틀 만에 완수했다는 정보는 순식간에 각국 왕실은 물론 정보길드 등 거대 세력들로 전해졌다.

아직 왕위 계승식을 치른 것은 아니지만 국왕으로서의 업무를 수행하기 시작한 1왕자는 마침 찾아온 라헨드라와 독대한 자리에서 온 클랜의 활약 소식을 들었다.

"조인족이라니. 온 클랜은 정말 상상하기도 어려운 기상천외한 방법으로 의뢰를 완수하는군."

가온과는 나름 각별한 인연이 있는 라헨드라도 무척 놀랐다.

온 훈이 지금온 드래곤처럼 전설이 되어 버린 조인족을 통해서 의뢰를 해결할 줄은 몰랐던 것이다.

"20대 후반의 나이에 이미 소드마스터가 된 인물입니다. 게다가 혼자서 금지라고 불리는 스파인 산맥을 넘어오기까지 했고요. 무력도 무력이지만, 무척 머리가 뛰어난 인물입니다."

"그렇지. 그런 인물이니 조인족과도 인연을 맺었겠지. 우리가 의뢰한 건만 해도 세상에는 전혀 알려지지 않은 사령술사들을 통해서 해결하지 않았던가."

"해서 좀 안타깝습니다."

"무엇이 말입니까, 탑주?"

"제1수장고의 보물을 줄 것을 그랬다는 생각이 듭니다."

라헨드라의 말에 1왕자가 고개를 끄덕였다.

"으음. 사실 나도 안타깝소. 그런 강자의 마음을 살 수 있는 좋은 기회였는데, 대신들의 반대가 워낙 극렬했으니……"

"그때는 어쩔 수 없었지만 이 건은 다릅니다. 5만의 라티르 왕국 토벌군도 어쩌지 못한 화이트그리폰 무리를 조인족들을 동원해서 사냥에 성공했습니다. 라티르 왕국은 온 클랜으로 하여금 의뢰를 맡도록 유도한 우리 왕국에게 어떻게든 보답을 해야만 하는 상황이 되었습니다."

"무슨 말인지 알겠소. 이 사실을 널리 알려서 일단 분위기를 조성한 후 제1보물수장고를 개방하겠소. 온 클랜이라면 어떻게든 창궐한 왕국 내의 마수와 몬스터 중 극히 위험한 놈들을 맡아서 조속한 시일 내에 토벌할 수 있겠지요?"

"온 클랜은 당연히 그럴 능력이 있습니다. 하지만 그들의 행로는 장담할 수 없습니다. 점보 던전이 모두 클리어되고 나면 다른 강자들처럼 새로운 차원으로 건너갈 수도 있습니다."

"그것도 나쁘지 않겠지요. 이계인들이 우리 차원에 건너오는 것처럼 가짜 육체가 아니라 진짜 육체를 가지고 차원 이동을 하는 것이라 그곳의 물건도 가져올 수 있다고 하지 않았던가요."

"그랬지요."

그건 왕실이나 마탑 그리고 신전의 최고위층만이 공유하는 신탁의 비밀이었다. 외부, 그것조차 극소수에 불과하지만 공개된 신탁에는 몇 가지 내용이 빠졌다.

"다른 왕국에서도 같은 생각을 할 겁니다. 아니 마탑들도,

신전들도 마찬가지일 거고요."

"제대로 그들의 믿음을 사야 한다는 거죠?"

"맞습니다. 자고로 인재를 얻기 위해서는 원하는 것 이상
으로 주어야만 합니다."

"알고 있습니다. 이참에 마수와 몬스터의 창궐로 인해서
공백이 된 영지를 지급하는 것도 고려해 봅시다. 작위도요.
대신들도 생각이 있다면 더 이상 반대를 하지 못할 겁니다."

"온 클랜 덕분에 본국이 간절하게 필요로 하는 원자재를
싸게 들여올 수 있게 되었는데, 반대를 한다면 그건 역적입
니다."

"맞습니다. 곧 차원을 건너갈 둘째와 셋째도 견제를 해야
하니 온 클랜의 마음을 얻는 작업은 정말 신경을 써야 합니
다. 그래서 말인데 온 클랜원들과 그들의 가족에 대한 조사
는 어떻게 되어 가고 있습니까?"

"정보길드에 맡겨 두었으니 곧 결과물이 전해질 겁니다."

"제대로 관리해야 할 겁니다. 그 일은 탑주께서 직접 관
장해 주십시오. 아직 로열시크릿 기사단을 장악하지 못했습
니다."

"알겠습니다."

라헨드라는 은밀한 왕실의 명령만 수행하는 로열시크릿
기사단의 잔혹한 행사를 잘 알기에 내키지는 않았지만 1왕자
의 명을 거역하지 않았다. 자신이라도 온 클랜의 방벽이 되

어 주고 싶은 마음이 컸던 것이다.

　라티르 왕국의 왕궁.
　"정말 단 이틀 만에 그 일을 해냈단 말이냐?"
　"그렇다고 합니다. 아직 받지도 않은 대금을 클랜 자금으로 조인족에게 선지급해서 부탁을 했고, 곧바로 던전에 들어간 30여 명의 조인족들이 협곡에 자리 잡고 있던 화이트그리핀을 모두 사냥해 버렸다고 합니다. 24마리는 조인족들이 증거로 직접 토벌군 숙영지로 가져왔고, 나머지는 협곡 바닥과 위쪽에 있다고 했습니다."
　샤르얀 국왕의 확인에 1왕자 에르티얀이 던전 게이트 기지로부터 온 통신 내용을 다시 한번 보고했다.
　"참으로 대단한 자로군."
　가온이 혼자 던전에 들어갔다는 사실은 국왕도 이미 알고 있었다.
　"일은 조인족이 해결했습니다."
　이제 막 스무 살이 된 에르티얀 왕자는 자신도 온 클랜과 온 훈 대장이 대단하다고 생각하고 있었지만, 국왕이 너무 과한 평가를 하는 것 같다는 생각이 들었다.
　"비록 본인이나 온 클랜의 전력으로 의뢰를 해결한 건 아니지만 조인족을 이용하는 것도 그들의 능력이지. 그게 바로 인맥이라는 것으로 한 무리의 지도자가 갖추어야 할 덕목 중 하나이다."

"아! 그래서 국왕이 굳이 소드마스터나 현자일 필요가 없다는 거군요."

"그렇다. 무리의 지도자는 그런 자들을 어떤 식으로든 아우를 수 있는 능력을 갖추어야만 한다. 아무튼 본국에서 활동하는 이계인들의 숫자가 너무 적어서 상황이 좋아지는 다른 나라들과 달리 마수와 몬스터의 발호가 날이 갈수록 심해지고 있는 상황이었는데, 던전을 클리어해서 참으로 다행이다."

안 그래도 영지들은 물론 수도 근처까지 진출한 마수와 몬스터 들이 나타날 정도로 심각한 상황이었던 참이라 국왕과 왕자는 크게 안심했다.

혼혈 엘프

"약속한 대로 아그레시아에서 요청한 것 이상으로 각종 금속 괴를 충분히 보내 주거라. 그건 그렇고 온 클랜이라고 했는데, 그냥 용병대가 아니군."

샤르안 국왕이 온 클랜에 큰 관심을 표명했다.

"처음에는 용병대로 알려졌지만 확인 결과 용병 길드에는 등록조차 되어 있지 않았습니다. 클랜원들이 동일한 검술을 사용한 것으로 봐서는 자유기사들이 포함된 유랑 검술관으로 보는 것이 정확할 겁니다."

"유파의 이름이 알려졌나?"

검술관이라면 표방하는 대표 검술의 이름을 사용하는 것이 상례다.

"철월검류라고 했습니다."

"소드마스터만 무려 일곱 명이나 되는 검술관이라……. 본국처럼 험준한 산악 지형과 수시로 출몰하는 마수와 몬스터 들을 생각하면 반드시 영입해야겠군."

"수도에 적당한 장원을 하사하시면 되지 않을까 싶습니다. 어차피 그들도 마땅히 뿌리내릴 근거지를 찾아다니는 것이 아니겠습니까."

"모르는 소리! 그들은 한곳에 안주하기보다 실전 능력을 키워 줄 강력한 마수와 몬스터 들을 찾아다니는 것이다, 의뢰는 부수적인 것이고."

"부왕의 말씀을 들으니 그럴 것도 같습니다. 하지만 그래도 이왕이면 많은 문하를 수용할 수 있는 넓고 좋은 장원이 있다면 좋지 않겠습니까? 거기에 한 10년 정도 면세권과 매년 일정한 지원금을 하사한다면 본국에 자리를 잡지 않을까요?"

"그들이 그런 조건에 혹했다면 벌써 아그레시아의 수도에 자리를 잡았겠지. 그쪽에도 이 정도를 생각해 낼 자들은 얼마든지 있다."

"그럼 무엇을 주어야 할까요?"

그렇게 묻는 1왕자의 눈에는 인재에 대한 욕심이 그득해서 국왕은 내심 흐뭇했다. 무력은 약하지만 국왕으로서의 자질은 누구보다 뛰어난 자식이었다.

예지몽으로
히든랭커

"그들의 마음을 얻으려면 영지와 작위는 물론 보물 수장고에서 주인을 찾지 못한 무구들을 선물하는 편이 나을 것이다. 고대 유물도 좋을 테고."

"귀족들이 가만히 있겠습니까?"

"무슨 일이든 불평불만을 늘어놓는 자들 따위는 신경 쓰지 않아도 된다. 그리고 온 클랜이 본국에 자리를 잡았을 때 얻을 수 있는 이득이 훨씬 크다. 게다가 영지를 가진 귀족들이라면 절대로 반대할 리가 없다."

왕자가 생각해 보니 부왕의 말이 맞았다. 일반 귀족들은 몰라도 지금도 영지를 침탈한 마수와 몬스터를 토벌해야 하는 영주 귀족들은 온 클랜을 반길 수밖에 없었다.

온 클랜은 한 번도 손발을 맞춰 보지 않은 영지병들을 지휘해서 수천 마리 단위의 후와들을 몇 번이나 토벌한 바가 있었다.

"제가 직접 선별하도록 하겠습니다."

"그나저나 온 클랜의 다음 행보는 어떻게 된다고 하더냐?"

"던전 5층을 공략하고 있는 드베인 왕국의 의뢰를 수행해야 한다고 했답니다."

"그럼 외무부 대신을 포함해서 몇 명을 게이트 쪽에 보내 그들과 직접 만나 우리가 준비한 선물을 정중하게 주도록 하거라. 미지급한 골드도 꼭 챙기고."

"그렇게 하겠습니다."

"그들을 본국으로 데리고 오는 것은 쉽지 않을 것이다. 아 그레시아에서도 우리와 같은 생각을 하고 있을 테니 말이야. 그러니 본국에 소드마스터들이 직접 상대해야 할 고위급 마수와 몬스터 들이 많다는 점을 피력하고 온 클랜이 조인족에게 미리 지급한 골드에 갈음하는 보물을 잘 선별해서 챙겨 가거라."

"네, 부왕!"

에르티얀 왕자는 안 그래도 험준한 산악지대가 대부분인 왕국이 창궐한 마수와 몬스터로 인해서 더욱 좁아지고 인구마저 크게 감소한 현 상황을 타개하기 위해서라도 반드시 온 클랜을 영입하겠다는 마음을 굳혔다.

━━◈━━

환영 마법을 펼친 상태로 게이트를 빠져나온 가온은 겔루 아비스 사냥을 위해서 다시 들어가려고 하다가 마음을 바꾸었다.

'아직 시간은 있어.'

라티르 왕국의 토벌군 전력이 아무리 강력하다고 하더라도 던전의 보스가 속해 있는 설인들을 며칠 안에 토벌하는 것은 불가능에 가깝다.

'5층이 먼저야!'

던전에 들어간 지 하루 반이 지났으니 지금쯤 목표 지점에 도착했을 것이다. 부지런히 움직이면 충분히 따라잡을 수 있었다.

가온은 마탑 지부의 텔레포트 마법진을 이용해서 드베인 왕국 측 첩보 던전으로 향했다.

물론 바로 던전에 입장하지는 않았다. 라티르 왕국 측 던전처럼 게이트 안팎에는 지켜보는 눈이 있을 것이다.

그래서 사람의 눈이 미치지 않는 숲으로 들어간 후 생명의 아공간으로 넘어갔다.

모둔을 통해서 미리 연락을 해 두었기에 엘프족 원로들이 모두 모여 있었다.

"온 님, 어서 오세요."

에르넬 원로가 원로들을 대표해서 인사를 건네 왔다.

"오랜만이네요. 별일 없지요?"

"그럼요. 새롭게 생긴 황무지를 건설하느라고 다들 구슬땀을 흘리고 있습니다."

차원석을 추가한 지 얼마 되지 않았기에 아직 황무지의 절반은 전혀 손을 대지 못한 상태였다.

하지만 나머지는 지력 향상이 좋은 콩과 식물과, 동물들이 즐겨먹는 다양한 종류의 허브가 지천으로 자라고 있어서 무척 푸르렀다.

새로 조성된 외곽의 초지에는 염소와 양 들이 한가롭게 풀을 뜯고 있었고 목동으로 보이는 어린 엘프들이 소환한 정령들과 뛰어다니면서 놀고 있었다.

일반 엘프들은 밀밭과 과수원에서 일을 하거나 담소를 나누고 있었는데, 무척이나 평화로워 보였다.

"너무 고생만 시키는 것 같네요."

아무리 시간 흐름을 조절한다고 하더라도 사람 손이 닿지 않았으면 그 넓은 황무지가 저런 초지로 변모할 수 없었을 것이다.

가온은 언제고 이곳을 떠날 이들에게 일을 시켜서 많이 미안했다.

"허헛! 아닙니다. 저희야말로 이곳에서 삶의 활력을 되찾았습니다. 식물을 가꾸어 세상의 생명력을 높이는 것은 우리 엘프들의 본질입니다."

그냥 하는 소리가 아닌 듯 원로들을 제외하고도 눈에 들어오는 엘프들의 얼굴은 무척 밝았다.

"전사장들에게 맡길 임무가 있다고 들었습니다."

"네. 사실……."

가온은 점보 던전 5층의 상황과 맡은 의뢰 내용을 소상히 설명해 주었다.

이번 의뢰는 숲에서는 유독 강력한 능력을 발휘할 수 있는 엘프 전사의 조력이 반드시 필요하니 숨길 이유가 없었다.

"그런 환경이라면 우리 전사들이 제대로 날뛸 수 있을 것 같군요."

"상대가 아무리 변종이라도 워베어라면 크게 위험할 것 같지도 않고요."

엘프족은 이미 마기에 잠식된 변종 워베어들을 사냥해 본 경험이 있었다.

"실전 경험이 필요한 젊은 전사들이 배제되는 것이 좀 안타깝긴 하지만 전사장들에게도 좋은 기회가 될 것 같습니다."

"안 그래도 매일 훈련만 하고 있어서 좀 안타까웠는데 잘됐습니다."

원로들은 전사장들의 파견에 이견이 없었다. 아니, 오히려 반겼다. 그들도 전사의 전투력은 실전을 통해 발전되고 완성된다는 사실을 잘 알고 있었다.

이제는 세상을 떠받힐 듯 거대하게 성장한 엘프목 아래에서 원로들과 백화차를 마시며 이런저런 얘기를 나누길 30여 분 후. 대전사장들이 도착했다.

"온 대장님, 늦어서 죄송해요!"

시르네아가 대전사장들을 대표해서 인사와 동시에 사과를 해 왔다.

"아닙니다. 제가 촉박하게 연락했습니다."

"선발을 하던 중이어서 연락을 받고도 바로 출발할 수가 없었어요."

"선발요?"

"전사장들의 파견을 요청하셨다면서요?"

"그렇긴 한데……."

그냥 전사장들만 파견하면 될 일인데 왜 선발을 하는 건지 모르겠다.

"지난번에 마핀 사냥을 경험하고 깨달음을 얻어 비약적으로 성장한 전사들 중 스스로 전사장급에 해당한다고 생각하는 이들이 이의를 제기하는 바람에 기존 전사들 중 새로이 전사장을 선발해야만 했거든요."

"그랬군요. 그래, 성과가 좀 있었습니까?"

"100명을 더 선발했어요. 이제 전사장만 608명이 되었어요."

잘됐다. 엘프족을 위해서도 그렇지만 이번 의뢰를 수행하는 데도 큰 도움이 될 것이다.

"그럼 절반 정도만 움직이면 될 것 같군요. 당장 움직일 수 있겠습니까?"

평균적으로 검기 실력자에 해당하는 전사장 300명이라면 충분했다.

"전부가 아니라 절반요?"

"필요하면 교대를 하면 될 겁니다."

절반만 동원한다는 말에 아쉬워하던 대전사장들이 그 대답을 듣고 안도했다.

"알겠어요. 저희 대전사장들은 모두 출동할 겁니다."

"그럼 더 안심할 수 있겠네요."

소드마스터에 해당하는 대전사장들이 스무 명이나 합류한다면 일은 더 쉬워질 것이다.

"안 그래도 대장님이 오셨다는 말을 듣고 대기 명령을 내려 두었어요. 여분의 방어구와 무기는 물론 식량까지 준비된 상태예요."

"그럼 바로 움직이도록 하지요."

이 많은 인원이 갑자기 나타난다면 드베인 왕국 측에서 깜짝 놀랄 테지만 마수와 몬스터 창궐 사태로 인해서 정보망이 거의 무너진 상태라서 별상관은 없었다.

"아! 그런데 모두 폴리모프가 가능한 거지요?"

이번에는 인간들의 눈에 띌 가능성이 높으니 그 점을 감안해야만 했다.

"원로님들이 아이템을 만들어 주셨어요."

어차피 방어구로 얼굴을 제외한 몸 전체가 가려지지만 크고 위로 솟은 귀나 뛰어난 미모는 좀 감추어야만 했다.

그렇게 전사장들이 대기하고 있는 장소로 떠나려고 할 때 에르넬 원로가 가온을 붙잡았다.

"그동안 채밀한 골드비 꿀과 로열젤리를 모아 두었어요. 그리고 정령의 성장에 도움이 되는 자연의 정수도 함께 가져가세요."

에르넬이 내민 아공간 주머니는 언젠가 가온이 뭔가를 담아서 준 것인데 이렇게 되돌려 받았다.

"온 님이 알려 주신 비법대로 주조한 맥주와 와인도 거의 익었는데, 한번 맛보시겠어요?"

"궁금하긴 하지만 다 익을 때까지 참겠습니다."

이곳은 루시아에 버금갈 정도로 마나가 풍부한 곳이니 당연히 맛이 궁금했지만 지금은 시간이 없었다.

아마 다음에 들를 때는 어마어마한 양의 맥주와 와인이 그를 기다리고 있을 것이다.

가온은 일부러 엘프 전사장들을 수십 명 단위로 조금 떨어진 곳에서 나오게 한 후 적당한 시간 차이를 두고 게이트 앞에 모이도록 했다.

가장 큰 특징인 귀를 감춘 모습으로 폴리모프한 전사장들의 복장은 경험이 많은 용병이나 레인저 기사를 연상하게 만들었다.

가온을 필두로 게이트를 통과한 엘프 전사장들은 드넓게 펼쳐진 녹색 수림에 눈살을 찌푸렸다.

"숲이 울창하긴 한데 이런 곳에서는 살고 싶지 않네."

같은 수림지대라고 해도 그들은 공기가 청량한 깊은 산속을 좋아하는 데 반해서 이곳의 수림은 무덥고 눅눅하며 무거운 분위기가 흘러나오고 있었다.

"자! 시간이 없으니 서두릅시다!"

이 많은 인원이 머물 수 있는 좋은 장소가 있었다. 일단 그곳까지 이동해서 잠시 휴식을 하면서 사냥을 위한 점검을 한 후 이동식 텔레포트 마도구를 이용할 생각이었다.

지도는 대원들에게 넘겨주었지만 내용은 통째로 암기하고 있었다.

가온과 엘프 전사장들은 숲으로 들어갔지만 특이한 행동을 보였다. 다들 나무를 타고 올라간 것이다.

그리고 그들은 가느다란 나무 꼭대기 쪽 가지를 밟고 다음 나무로 건너가는 방식으로 빠르게 이동했다.

나뭇가지의 탄력을 절묘하게 이용해서 한 번에 10여 미터씩 날아가는데, 그 모습이 마치 다람쥐와 같은 설치류처럼 보였다.

멀찍이 떨어진 곳에서 입을 떡 벌린 채 그런 모습을 지켜보는 이들도 있었다.

게이트 안쪽에 은신 마법진이 펼쳐진 작은 기지에서 머물면서 던전 내외부의 연락과 통신 그리고 보급을 맡은 드베인 왕국 기사와 마법사 들이었다.

"선두에 있던 사람이 온 클랜의 온 훈 대장 맞소?"

"네. 초상화에 나온 그대로입니다."

드베인 왕실에서 파견한 '6서클 마법사 펠론이 근위 2기사단 대주인 작센 남작에게 물었다.

"대체 이런 시국에 어디에서 저렇게 많은 용병들을 구해온 거지?"

"용병은 아닐 겁니다. 약간씩 차이는 있지만 비슷한 디자인의 방어구를 입은 것도 그렇고, 집단 훈련을 오래 받은 움직임을 보면 노련한 레인저 기사로 보입니다."

가볍고 익숙한 몸놀림으로 나뭇가지를 박차고 나무에서 나무로 이동하는 모습을 보면 평범한 용병이나 레인저병은 아니다. 마나를 제대로 사용하는 것이 분명하니 말이다.

"그렇긴 하네. 용병과 다르게 엄정한 군기가 느껴지긴 했어. 그런데 이렇게 많은 레인저 기사 부대를 운용하는 나라가 있던가?"

"……스파인 산맥 너머에 있다는 제국이라면 가능하지 않을까요? 온 대장이 원래 그쪽 출신이라는 말을 들었습니다."

"그런가? 그쪽에서 활동하는 기사단이 여기까지 올 리는 없을 텐데……."

"이전이라면 몰라도 텔레포트 마법진이 크게 활성화되었으니 어쩌면 가능할지도 모르겠습니다."

"그건 좀 억측인 것 같네. 내 생각에는 다들 호리호리한 체구에 뛰어난 민첩성을 가진 점으로 보아 스파인 산맥 깊숙한 곳에 결계를 치고 살아간다는 혼혈 엘프족의 전사들이 아닌가 싶네."

작센은 펠론 마법사의 말을 듣고 잠시 눈을 굴리더니 격하게 고개를 끄덕였다.

"생각해 보니 대부분 등 뒤에 단궁을 메고 있었습니다."

펠론의 말대로 족히 300명은 될 것 같은 전사들 모두가 호리호리한 체구를 가지고 있는 데다 일부라면 몰라도 거의 모두가 활을 소지하고 있었다면, 혼혈 엘프족 전사들로 보는 것이 맞았다.

이미 던전을 클리어한 나라들도 있지만 그쪽은 그동안 방치했던 마수와 몬스터를 토벌해야 하기 때문에 이곳까지 저런 정예 병력을 보낼 여유가 없었다.

"아무튼 대단하군. 라티르 왕국의 의뢰를 위해서 전설의 조인족을 끌어들인 것도 모자라서 이젠 저렇게 많은 규모의 혼혈 엘프족 전사들을 끌어들이다니."

"조인족에 대한 얘기를 듣고 믿기가 힘들었는데 그게 사실로 밝혀진 이상 혼혈 엘프족 전사들이 출현했다고 해도 이상할 것이 없습니다."

"온 대장은 대체 어떤 경험을 했기에 조인족에 이어 혼혈 엘프족까지 동원할 수 있는 거지? 참으로 신기한 인물이군. 아무튼 왕실과 토벌군 지휘 본부에 보고부터 하자고. 우리 왕국의 의뢰 역시 성공 가능성이 커졌으니 다행이지."

이미 수림지대 안으로 사라진 가온과 엘프 전사장들의 흔적을 좇는 두 사람의 눈은 희망을 가득했다.

○

가온은 중간에 이동 마법진을 사용하려고 했지만 의외로 엘프 대전사장들은 거절했다.

"힘들지 않겠습니까?"

"오랜만에 이런 광활한 숲을 만났는데 마음껏 힘을 발산해 줘야지요."

시르네아의 말에 전사장들을 살펴보니 힘들어하는 기색은 전혀 없었고 정말 신이 난 얼굴들이다. 생명의 아공간에도 숲이 울창해졌지만 이런 식을 오래 이동할 정도는 아니다.

"그럼 계속 가도록 하지요."

숲속을 걸어서 이동한다면 방향을 잃을 수도 있지만 이렇게 숲의 상단 부분을 통해서 이동한다면 그럴 일이 없었다.

시간이야 좀 더 걸리겠지만 엘프들이 마음껏 능력을 발현하는 것도 나쁘지는 않았다. 일종의 몸풀기에 해당한다고 여긴 것이다.

가온과 엘프들은 마치 날개가 짧은 새처럼 나뭇가지를 밟고 도약하는 방식으로 광활한 수림지대를 질주했다.

그런 방식으로 이동하는 건 이동속도를 높일 수 있을 뿐 아니라 다양한 장해물을 피할 수 있게 만들었다.

특히 이런 밀림에서는 늘 일어나는 독충을 포함한 독물과 마수와 몬스터의 공격을 피할 수 있었다.

개중에는 가온 일행의 이동에 화가 난 듯 쫓아오는 놈들이 없는 것은 아니었지만, 새가 기류를 타고 활공하는 속도와 비슷하게 이동하는 사람들을 따라잡을 수가 없었다.

그렇게 이동한 지 대략 3시간이 지났다.

-찾았어!

미리 보내 두었던 카오스가 일행을 찾았다고 연락을 해 왔다.

"우리 대원들이 멀지 않은 곳에 있군요. 먼저 가서 여러분에 대한 얘기를 해 둘 테니 천천히 오십시오."

대전사장들에게 그렇게 얘기를 해 준 후 카오스가 알려 준 방향으로 속도를 높여서 10여 분 정도 더 가자 작은 공터에 안전 텐트를 치고 쉬고 있는 대원들을 볼 수 있었다.

안전 텐트는 일종의 아공간이기 때문에 다른 사람은 볼 수 없지만 주인인 가온은 달랐다.

"대장님!"

가온이 텐트 내부의 공간으로 진입하자 대원들이 반색을 하며 반겼다.

"다들 괜찮지요?"

그렇게 묻긴 했지만 대원들이 특별히 고생한 흔적은 없었다.

"물론입니다."

미노스가 대원들을 대표해서 대답했다. 그는 붉은곰이라는 대형 용병단을 반 홀랜드 대신 실질적으로 오랫동안 이끌어 왔기 때문에 가온은 자신이 없는 상황에서는 그가 지휘권을 맡도록 했다.

대원들도 전혀 이의가 없었다. 미노스의 능력은 반 홀랜드로부터 들어서 잘 알고 있었기 때문이다.

"정령사 대원들이 있다는 게 이렇게 편할 줄 몰랐습니다. 굳이 상대할 필요가 없는 마수와 몬스터 들을 피할 수 있어서 시간이 많이 단축되었습니다."

"그것만이 아닙니다. 땅의 정령들은 젖은 바닥에 도사리고 있는 독물들은 물론 깊은 구덩이와 같은 장해물까지 찾더군요. 진흙탕인 곳에서는 단단한 땅을 솟아나게도 하고요. 정말 놀랐습니다."

미노스뿐 아니라 시엥도 정령사들의 능력에 크게 감탄한 얼굴이었다.

두 사람의 칭찬에 정령사 대원들은 자부심이 느껴지는 얼굴이었지만 못 들은 척했다.

"목적지까지는 얼마나 남았습니까?"

"목적지는 알붐이라는 이름의 거대한 흰색 암반으로 이루어진 높은 언덕인데 지도에 따르면 얼마 안 남았습니다."

"그럼 오늘은 푹 쉴 수 있겠군요."

던전답게 형태가 번져 보이는 해가 지려면 1시간 정도 남았다.

━━━━━

도착한 알붐 언덕의 규모는 무척이나 컸다. 길이도 길이지만 높이가 상당했는데 나무가 거의 자라지 않아서 멀리에서도 눈에 잘 띄었다.

이 언덕은 던전의 중심부와 가까운 곳에 자리하고 있는데 위에서 보면 중심점을 기준으로 동쪽에서 시작되어 서쪽으로 뻗은 후 다시 남쪽으로 꺾어진다.

1사분면의 중심부에서 시작해서 4사분면을 경유해서 3사분면까지 이어지는 것인데 현재 온 클랜의 위치는 토벌군이 지정해 준 대로 남쪽으로 끝부분이었다.

가온은 언덕 위에 자리를 잡으려고 했지만 직접 올라가서 살펴본 결과 사람이 머무르기에 부적합했다. 수없이 많은 균열이 있는 것은 물론 크고 작은 바위들이 위를 빼곡하게 채우고 있었다.

워베어들은 이 길고 높은 알붐 언덕의 바깥쪽을 따라 이동해 왔으며 이곳을 지나 2사분면에 주둔하고 있는 인간 토벌군의 옆구리를 칠 예정이라고 했다.

가온은 할 수 없이 언덕 아래쪽에 안전텐트를 쳐서 숙영지를 만들었다.

그렇게 숙영지를 마련하자 해가 졌고 연락을 받은 엘프 전사들이 도착했다.

시르네아를 비롯한 스무 명의 대전사들이 대표로 숙영지로 들어오고 나머지는 근처 숲에 자리를 잡았다.

나크 훈은 소드마스터답게 그들의 접근을 제일 먼저 감지했다.

"이분들은 누구냐?"

"혹시 엘프?"

가온이 반기는 것으로 봐서 아는 사이로 보이는 엘프 대전사장을 본 나크 훈이 조심스럽게 물을 때 그들을 유심히 살펴보던 나디아가 눈동자를 빙글빙글 돌리더니 깜짝 놀란 얼굴이 되었다.

가온은 엘프들이 분명 폴리모프를 했을 텐데 나디아가 어떻게 알아봤는지 모르겠다는 생각을 하며 대전사장들을 대원들에게 소개했다.

"여러분, 이분들은 스파인 산맥에 거주하는 엘프족 전사들입니다. 이번 의뢰를 도와주기 위해서 왔습니다."

"······."

가온의 말에 대원들은 너무 놀랐는지 엘프 대전사장을 살펴보기에 여념이 없었다.

"귀가 짧은데······."

엘프의 신체 특성 중 가장 알아보기 쉬운 것이 바로 위로 솟은 크고 긴 귀였다.

하지만 엘프 대전사장들의 귀는 인간의 귀와 동일했다. 그러니 가온의 말에도 불구하고 믿기 힘들었던 것이다.

"와아! 진짜 하나같이 잘생기고 아름답다!"

사실 귀와 함께 엘프의 특성 중 하나는 뛰어난 미모였다. 남녀를 불문하고 적당히 마른 몸매에 균형을 잃지 않은 이목구비라서 인간을 기준으로 하면 최상의 미모를 가지고 있었다.

세르나와 샤나 등도 혼혈 엘프족이라 미모가 뛰어났지만 거기에 댈 것이 아니었다.

"만나서 반가워요. 새벽이슬 일족의 대전사장, 시르네아입니다. 온 대장님께 여러분의 이야기는 많이 들었습니다."

"황혼의 달 일족의 대전사장인 데루나입니다. 잘 부탁합니다."

스무 명의 대전사장들은 차례를 자신을 소개했는데 냉정한 성격이라고 알려진 엘프족과 달리 호감이 가득한 얼굴들이었다.

"폴리모프를 풀어요."

가온이 속삭이자 대전사장들이 일제히 몸에 차고 있던 아이템을 풀었다.

그러자 누가 봐도 순혈 엘프임을 알 수 있는 귀가 드러났다.

"정말 엘프야!"

"순혈 엘프라니!"

순혈 엘프를 처음 본 대원들이 흥분해서 어쩔 줄 모를 때 세르나를 비롯한 혼혈 엘프들은 큰 충격을 받고 몸이 굳은 상태였다.

엘프의 피를 이은 것을 자랑스럽게 여겨 온 그들이지만 이미 세상에서 순혈 엘프가 사라졌다고 믿고 있었던 터라 어떻게 행동을 해야 할지 알 수 없었다.

그때 가온이 대전사장들을 세르나 일행의 앞으로 데리고 왔다.

"이분들도 엘프의 피를 이었습니다."

"오오! 정말 숲의 일족이었군요. 반가워요!"

본능적으로 세르나 일행이 하프이기는 하지만 동족임을 알아본 시르네아는 환한 미소를 지으며 세르나의 손을 붙잡고 흔들었다.

"이런 곳에서 동족을 만나다니 반갑군요."

시르네아뿐 아니라 데루나 등 다른 대전사장들도 세르나 일행과 만나게 된 것이 무척 기쁜 얼굴이었다.

"이럴 게 아니라 저녁 준비부터 합시다."

가온과 엘프들만 고생한 게 아니다. 온 클랜원들은 이틀에 걸쳐서 무덥고 습한 밀림 속을 이동한 것이니 피로가 짙게

쌓일 수밖에 없었다.

엘프들에게 붙들린 세르나 일행을 제외한 나머지 대원들은 각자 맡은 일을 빠르게 수행하기 시작했다.

'아무래도 안전텐트의 공간을 분리해야겠네.'

문제는 그럴 경우 개인 공간이 없다는 점이다. 천이나 가죽으로 공간을 분리할 수는 있지만 소음이나 빛은 막을 수 없었다.

물론 야외에서 일정 수준 이상의 맹수와 마수 그리고 몬스터 들의 접근을 막아 주는 것만으로도 충분히 만족할 수 있지만 사람이라는 존재는 도무지 만족을 모르는 동물이 아닌가.

갓상점을 열어서 아이템 진화권을 구입하려던 가온은 리스트에서 안전텐트를 발견했다.

'호오! 가격은 좀 비싸기는 하지만 몇 개가 있으면 더 좋긴 하겠다.'

상하좌우 10미터의 공간을 일종의 아공간으로 만드는 8인용 텐트의 가격은 100포인트로 쌌지만, 현재 사용하는 것과 동일한 스펙으로 만들려면 500포인트가 더 필요했다.

물론 보유한 포인트가 많았기에 가온은 부담 없이 네 개를 더 구입해서 두 개는 20인용으로 업그레이드를 하고 나머지 두 개는 그대로 두었다.

그리고 안전텐트를 더 설치하려고 하니 공간이 부족했다.

나무들이 언덕 가까이까지 자라고 있었기 때문이다.

'어차피 장작도 필요하니.'

가온은 바로 반지름이 50미터 정도 되는 공간의 나무를 모두 베어 버렸다.

밑동을 자른 것이 아니라 꼭대기로 올라가서 2미터 간격을 두고 위에서 아래로 차례로 잘랐기 때문에 나무가 넘어질 때 필연적으로 나는 소음과 먼지는 최소화되었다.

일정한 크기로 자른 가지를 정리한 후 카오스에게 부탁해서 수분을 빼니 금방 활용할 수 있는 장작이 되었다.

그렇게 벌목한 공간에 안전텐트 두 개를 설치했다. 하나는 남성 엘프 대전사장들을 위한 것이고 다른 하나는 여성 엘프 대전사장들과 여자 대원들을 위한 것으로 20인용이라서 편하게 사용할 수 있었다.

그렇게 안전텐트를 모두 설치한 가온은 문득 사람들의 시선을 의식하고 고개를 돌렸다.

그곳에는 하나같이 놀란 얼굴을 한 사람들이 있었다.

"공간이 겹치는 것으로 봐선 일종의 아공간이 만들어진 것 같은데, 대체 이게 뭡니까?"

가온은 큰 충격을 받은 얼굴을 하고 있는 시르네아를 비롯한 대전사장들이 충분히 이해할 수 있도록 안전텐트에 대해 설명을 해 주었다.

그런데 그들 말고도 의아한 얼굴을 하고 있는 이들도 있었다.

"설마 안전텐트가 더 있었던 거예요?"

그렇게 묻는 여자 대원들의 얼굴을 보니 좀 서운한 모양이
다.

"아니, 내친김에 구입을 했어."

가온은 이번 정보 던전을 클리어한 보상으로 받은 포인트
로 갓상점에서 구입했다고 알려 주고 엘프 전사들에게도 기
능과 용도를 자세히 설명해 주었다.

"현실에 존재하지 않는 아이템이라는 건 알고 있었지만 갓
상점에서 팔고 있다는 건 몰랐습니다. 그나저나 우리가 획득
한 포인트로는 구입하는 건 어림도 없겠군요."

"정말 좋아요! 안 그래도 여자들만 따로 쓸 수 있는 공간
이 있었으면 했어요!"

생각보다 여자 대원들의 만족도가 아주 높았다. 그동안 그
런 생각을 하고 있음에도 말을 못 하고 있었던 것이다.

가온의 설명을 듣고 안전텐트 내외부를 살펴본 엘프 대전
사장들도 놀라움이 가시지 않은 얼굴로 가까이 왔다.

"저희에게 이런 멋진 잠자리를 마련해 주셔서 감사합니
다, 대장님."

데루나가 가장 만족을 했는지 대표로 말했다.

"당연한 겁니다. 그리고 20인용 안전텐트 하나는 기념으
로 선물하겠습니다."

가온의 말에 대전사장들은 함박웃음을 지었다. 이런 아이템이 있으면 멀리 사냥을 나갈 때 큰 도움이 될 수 있을 것이다.

　"그나저나 전사장들은 아무래도 돌려보내는 것이 낫겠지요?"

　"노숙 경험이 필요한 것은 사실이지만 아무래도 푹 자기는 힘들 거예요."

　"내일 사냥을 하려면 숙면을 하는 편이 좋을 것 같습니다."

　시르네아와 데루나의 대답에 가온이 고개를 끄덕였다.

　"그럼 내가 돌려보낼 테니 여러분은 잠시 이곳에 계십시오."

　전사장급에게 노숙 경험이 꼭 필요할 것 같지도 않았고 내일 제대로 활약하려면 숙면이 필요했다.

　그렇게 가온은 대전사장들을 숙영지에 남겨두고 주위를 돌아다니며 열 명 단위로 밤을 보낼 준비를 하던 엘프 전사장들을 생명의 아공간으로 돌려보냈다.

워베어 사냥

식사를 마친 후 가온은 드베인 왕국 토벌군 사령관과 통신을 했다.

토벌군 사령관인 2왕자는 이미 가온이 조인족을 동원해서 던전 3층과 관련된 의뢰를 해결한 것을 보고받았는지 권위적인 태도가 아니라 존중하는 언사를 사용했다.

-벌써 목적지인 알붐 언덕에 도착했단 말인가?

지난 며칠 사이에 온 클랜과 일단의 혼혈 엘프 전사들이 차례로 던전에 입장했다는 보고를 받은 그는 믿어지지 않는지 몇 번이나 확인했다.

토벌군은 그 지점까지 이동하는 데 두 달 가까이 걸렸기 때문이다.

"그렇습니다. 현재 변종 워베어들의 위치는 확인이 되었습니까?"

―마침 알붐 언덕에 배치한 우리 관측 마법사들이 그곳에서 얼마 떨어지지 않은 곳에서 워베어 별동대를 발견했네.

다행이다. 기다릴 필요가 없으니 말이다.

"바로 사냥을 시작하면 되겠습니까?"

―어차피 처리해야 하는 놈들이니 그래 주면 좋겠네.

"그런데 워베어가 어떤 식으로 움직이고 있습니까? 혹시 한꺼번에 이동하는 겁니까?"

사냥 방식을 결정하려면 꼭 알아야 하는 사항이다.

―거목들이 빽빽하게 자라는 이 던전의 숲에서는 그런 방식으로는 이동할 수 없지. 대여섯 마리씩 무리를 지어 알붐 언덕의 외곽을 따라서 이동한다고 하네. 중간에 배를 채우려면 사냥도 해야 하니 말일세. 아마 목적지에 도착하는 기한 정도만 정해 두었겠지. 그런데 놈들을 사냥하는 데 얼마나 걸리겠는가?

"개인적으로 고용한 전사들의 도움을 받을 예정이라서 이틀 정도면 될 겁니다."

가온이나 온 클랜을 제외하고도 비슷한 색상과 디자인의 방어구를 맞춰 입은 300여 명이 혼혈 엘프 전사들이 게이트 안으로 들어왔다는 보고는 이미 들어갔을 것이다.

―……정말인가?

그럼에도 불구하고 2왕자는 이틀이면 변종 워베어 별동

대를 처리할 수 있다는 가온의 말을 믿기가 힘들었던 모양이다.

"그렇습니다."

사실 이틀도 길었다. 보스가 포함되어 있다면 모르겠지만 별동대 정도는 순식간에 정리할 수 있을 정도로 이쪽 전력은 막강했다.

-확인할 인원을 보내도 되겠나?

"그래 주시면 증명하는 데 소요될 시간이 많이 줄어들겠지요."

안 그래도 의뢰를 완수했다는 사실을 증명하기가 곤란했는데 잘됐다.

-이미 근위 기사들과 왕실 마법사들이 포함된 특임대를 보냈네. 아마 내일 새벽 정도에 그곳에 도착할 걸세.

이미 토벌군은 온 클랜이 제대로 의뢰를 수행하는지 참관하려고 작정을 한 것이다.

"그럼 참관인들이 합류하고 잠시 쉰 후 아침을 먹고 사냥을 시작하면 되겠군요. 현재 워베어 별동대의 자세한 위치를 알고 싶습니다."

-놈들의 현재 위치는 그대들이 있는 곳에서 대략 동쪽으로 1만 보 떨어진 곳에 있는 것으로 추정되네.

1만 보면 대략 7킬로미터다. 평지라면 모르겠지만 밀림에서 그 정도 거리는 꽤 멀다고 할 수 있었다.

거리만 알면 놈들을 쉽게 찾을 수 있었다. 워베어 별동대도 알붐 언덕을 따라 이동하고 있으니 말이다.

　'중간에서 만나겠네.'

　아마 놈들 역시 자신들과 마찬가지로 아침 일찍 출발할 것이다.

　통신을 끝낸 후 가온은 사람들을 한곳으로 불러 모아서 어떻게 사냥을 할지에 대해서 의견을 나누었다.

　많은 방안이 나왔지만 공통적으로 정령과 엘프의 뛰어난 궁술을 이용해서 초전에 최대한의 전과를 올려야 한다는 내용이 포함되었다.

　체고가 대략 3미터에 몸무게가 200킬로그램이 넘는 거구에 마나를 사용할 수 있는 변종 워베어를 정면에서 상대할 수 있는 무력은 충분했지만, 혹시 모르는 피해를 감수할 필요는 없었다.

　부대 편성에 대한 의견들도 다양했다. 워베어가 서너 마리씩 무리 지어 이동하니 열 명 정도로 조를 편성하자는 의견도 있었고, 일족별로 부대를 편성하자는 의견도 나왔다.

　논의 끝에 온 클랜과 각 일족별로 부대를 편성해서 별도로 사냥하기로 했다. 그게 편하기도 하고 익숙했기 때문이다.

그럼 총 11개 부대가 되는데 엘프의 경우 한 부대는 30여 명으로 구성되며 소드마스터가 최소 두 명씩 포함되니 안전은 크게 염려하지 않아도 된다.

"유념해야 할 것이 있습니다. 정령을 최대한 이용해서 놈들을 먼저 찾아내야 한다는 점과 다른 놈들이 사냥당하고 있다는 사실을 알지 못하도록 바람의 정령으로 하여금 소리가 새어 나가지 못하게 만드십시오."

검기 실력자에 해당하는 전투력을 가진 워베어들이 한곳에 모이면 사냥하기 힘들어진다. 어떻게든 놈들 사이를 떨어뜨려 놓아야만 사냥하기가 용이했다.

"마지막으로 시르네아 대전사장과 데루나 대전사장은 자유롭게 움직이면서 혹시 위험한 상황이 벌어지면 즉각 개입해 주십시오."

시르네아와 데루나는 소드마스터 중급 실력에 바람의 상급 정령과 계약을 했기 때문에 숲이라는 환경에서도 날듯이 이동할 수 있어서 누구보다 더 위력적인 능력을 발휘할 수 있었다.

가온은 마지막으로 각 부대장에게 마나포 하나씩을 지급하고 어떻게 사용하는지와 위력에 대해서 설명했다.

"오오! 이런 위력적인 마도구가 고대에도 존재했다니 참으로 대단합니다."

마나포의 사정거리는 길지 않지만 숲이라는 지형을 잘 이용하면 소드마스터 한 명이 더 있는 것이나 다름없는 효과를 낼 수 있다는 사실을 모두 이해했다.

다음 날 새벽, 토벌군에서 파견한 참관인 그룹이 찾아왔다.

인솔자는 무려 자작. 물론 계승 귀족이 아니라 근위 기사단의 수석 대주였다.

그의 태도는 여느 귀족이나 기사 들과는 달랐다.

"온 클랜의 온 훈입니다."

"메칼톤 자작입니다. 온 훈 대장과 온 클랜에 대한 말은 많이 들었습니다. 우리 왕국을 위해 최선을 다해 주십시오. 원하신다면 우리도 한 손 거들겠습니다."

"마음만 받겠습니다."

당연히 도움이 될 테지만 손발이 맞지 않는 이와 함께하는 것보다는 목적대로 참관만 하는 것이 좋았다.

아침 식사를 하면서 메칼톤 자작으로부터 좀 더 자세한 던전의 상황과 변종 워베어에 대한 정보를 들을 수 있었는데, 특별히 조심해야 할 내용은 없었다.

식사 후 잠깐 휴식을 취한 온 클랜이 마침내 움직였다. 먼저 엘프 대전사장들이 맡은 구역을 향해 출발했다.

"참관인들은 온 클랜을 따라 움직이면 됩니다. 참고로 우리는 11개 조로 나뉘어 사냥을 할 예정입니다."

"따로 엘프 전사 수백 명을 더 고용했다는 말은 들었습니다만 보이질 않는군요."

"인원이 많아서 따로 숙영을 했고 어차피 따로 움직일 예정입니다."

"그렇군요."

"그럼 참관 잘하십시오. 스승님, 참관인들을 잘 부탁드립니다."

가온은 참관인들을 나크 훈에게 부탁했다.

"대장님은 따로 움직이십니까?"

"제게는 비행 아이템이 있어서 그게 편합니다."

"아! 듣긴 했는데 정말 대단하군요!"

메칼톤 자작 일행은 투명날개를 눈에 보이도록 장착한 가온이 준비 자세도 없이 곧바로 하늘로 날아오르는 모습을 보고 감탄을 내뱉었다.

온 클랜원들은 미리 결정된 대로 알붐 언덕 위로 올랐다. 숲을 통해 이동하지 않고 언덕 위로 이동할 생각이다.

"세르나, 바람의 정령을 소환해서 앞쪽을 정찰해 줘요. 그리고 이제부터 언덕 가장자리를 따라서 조금 빠르게 움직일 예정이니 참관인들께서는 잘 따라붙으세요."

가온의 부재 시에 클랜원을 이끌기로 한 미노스가 지시를 내렸다.

세르나가 소환한 바람의 정령이 언덕의 바깥쪽 아래를 따라 이동하자 온 클랜이 드디어 움직이기 시작했다.

━━━◈◈◈━━━

알붐 언덕의 가장자리는 다른 곳과 마찬가지로 수없이 많은 균열이 나 있었고, 심지어 밟기만 해도 무너질 정도로 약한 부분도 많았다.

하지만 온 클랜원들은 쾌보 스킬을 익힌 상태이고 그동안의 수련을 통해서 안력을 단련해 온 터라서 순식간에 장해물을 발견하고 뛰어넘거나 피할 수 있었다.

그런 온 클랜을 뒤따르는 참관인들은 죽을 맛이었다. 평지라면 그래도 어떻게든 따라붙을 텐데, 균열이나 지반이 약한 곳들이 수시로 나타났기 때문에 빠르게만 이동할 수가 없었다.

메칼톤 자작은 연신 헤이스트 마법을 자신의 몸을 대상으로 걸고 앞 사람을 쫓아 뛰는 마법사들이 혹시나 균열에 빠지거나 무너지는 지반을 밟을까 유심히 살피며 이동하고 있었다.

"정말 대단합니다. 모두 질주와 같은 스킬을 따로 익히고 있는 것 같습니다."

그렇게 말하는 부대주 로마노 남작과 다른 기사들의 눈에는 숨길 수 없는 경탄의 빛이 떠올라 있었다.

그나마 앞서 달리는 온 클랜이 중간에 몇 번이나 속도를 늦춰 주었기에 망정이지 그게 아니었다면 벌써 놓쳤을 것이다.

그렇게 1시간 정도를 이동하던 온 클랜의 발길이 마침내 멈추었다.

"뭔가 나타난 겁니까?"

메칼톤은 긴장을 풀지 않은 태도로 보아 쉬려는 건 아닌 것 같아서 자신들을 책임지기로 한 나크 훈에게 물었다.

"잠시 숨을 고르면서 기다려 보십시다."

나크 훈의 묵직한 대답에 입을 다문 참관인들은 격해진 숨을 고르며 상황을 주시했다.

곧 세찬 바람이 언덕 아래쪽에서 올라오더니 세르나라는 정령사가 몇 번 고개를 끄덕였다.

이미 온 클랜에 대한 정보를 숙지한 메칼톤은 저 아름다운 외모의 정령사가 바람의 정령으로 하여금 정찰을 하도록 했다는 사실을 짐작했다.

"고문님, 상황이 좀 달라졌어요."

"어떻게 말인가?"

미노스는 심각해진 세르나의 얼굴에 불안할 것이 분명했지만 외관상으로는 전혀 변화가 없었다.

"워베어 무리를 발견했는데 서너 마리가 아니라 십여 마리가 한 무리를 이루고 있대요. 무리 간의 거리는 대략 100보

정도 되는데, 아침 사냥을 하려는지 사방으로 흩어져 있는 상태라고 했어요."

"음. 그 정도의 상황까지는 이미 상정했으니 미리 정해진 대로 움직이면 되겠네."

그렇게 말하던 미노스가 갑자기 마통기를 귀에 댔다.

"네, 대장님! 그건 이미 세르나 대원이 파악했습니다. 언덕을 따라 300보를 더 전진해서 내려가면 된다는 거죠? 알겠습니다. 그렇게 하겠습니다."

내용을 들어 보니 온 대장이 직접 작전을 지시하는 모양이다.

메칼톤은 하늘을 쳐다보다가 멀지 않은 상공에서 비행하는 온 훈 대장을 볼 수 있었다.

'사냥을 직접 이끌지 않고 하늘에서 상황을 지켜보면서 지시를 하는 타입인가?'

그런 거라면 소문과 달리 대장은 소드마스터가 아닐 수도 있었다.

'20대 후반에 소드마스터라니. 역사적으로 몇 명 없잖아. 역시 헛소문이 맞아.'

물론 그 나이에 검기 완숙자라고 해도 대단한 일이지만 소드마스터라는 것보다는 현실성이 있었다.

메칼톤이 그런 생각을 할 때 미노스를 시작으로 온 클랜이 다시 언덕을 따라 달리기 시작해서 참관인들도 어쩔 수 없이 쫓아가야만 했다.

대략 300여 미터를 달린 온 클랜은 언덕을 내려갈 준비를 했다.

"바로 내려갈 겁니까?"

메갈톤이 미노스에게 물었다.

"네. 경사가 가파르니 조심해서 따라오십시오."

뭐라 대꾸를 하기도 전에 미노스를 필두로 온 클랜원들이 족히 60도는 되는 경사지를 내려가기 시작했는데 그 속도가 엄청나게 빨라서 누구 하나는 굴러떨어질 것 같았지만 놀랍게도 아무런 불상사도 벌어지지 않았다.

"우리도 내려갑시다!"

메갈톤 일행은 앞서 내려가는 온 클랜원들과 달리 조심스럽게 경사지를 내려가기 시작했다. 당연히 마법사들은 자신의 몸에 마법을 걸어야만 했지만 일반인들보다는 훨씬 더 빠른 속도였다.

메갈톤 일행이 경사지를 다 내려왔을 때는 이미 온 클랜은 보이지 않았다.

참관인들은 순간 당황했지만 곧 익숙한 인물이 숲에서 나오는 것을 볼 수 있었다. 이제 막 성인이 되었는지 얼굴은 앳되지만 잘 발달된 근육질의 거구였다.

'랄프라고 했던가?'

온 대장이 소개를 할 때 들은 기억이 있었다. 얼굴과 몸이 매치가 되지 않아서 눈이 몇 번이나 갔던 친구였다.

"우리를 기다린 건가?"

"네. 그리고 몇 가지 알려 드리기도 해야 하고요."

랄프와 비슷한 나이 대의 소년들은 자신과 같은 기사들을 보면 선망의 눈을 하고 잔뜩 긴장하거나 흥분을 하는데, 이 소년은 달랐다. 애초에 과묵한 성격인 것 같았지만 눈을 보면 전혀 흔들리지 않은 상태였다.

메칼톤을 비롯한 기사들은 랄프에게 좋은 인상을 받았다.

"뭔가?"

"일단 워베어의 체고와 위험성을 고려하면 제대로 된 참관은 나무 위로 올라가서 하는 것이 좋겠다는 대장님의 전언이 있었고, 위험하게 보이더라도 섣불리 개입하지 말아 달라는 미노스 고문의 당부가 있었습니다."

전자는 안 그래도 그럴 예정이었으니 후자만 고려하면 된다.

"다들 들었지! 위험한 상황이 보이더라도 온 클랜에서 일부러 유도한 것이라고 생각하라고."

"넷!"

"됐으면 이제 가지."

"네. 절 따르세요."

랄프는 육체를 극한으로 수련한 기사와 비슷하게 크고 단단한 몸집이었지만, 특별한 스킬이라도 쓰는지 너무나 가볍고 빠르게 달리기 시작했다.

메갈톤 일행이 랄프를 따라 달리길 5분 정도 지나자 나무가 부러지는 소리와 함께 워베어 특유의 비명과 울부짖는 소리가 들려왔다.

그쪽 방향으로 조금 더 접근하자 부러진 나무들과 그 사이에서 움직이고 있는 워베어들이 눈에 들어왔다.

"벌써 시작한 모양이네."

마법사들을 포함해서 다들 나무를 타는 것 정도는 어렵지 않게 해낼 수 있는 능력을 가졌기에 참관인들은 근처 나무를 오르기 시작했다.

10미터 정도 높이까지 오른 참관인들은 다리처럼 이리저리 얽혀 있는 굵은 가지를 밟고 사냥하는 현장이 잘 보이는 나무로 이동했다.

마침내 사냥이 이루어지고 있는 현장이 한눈에 내려다보이는 곳에 도착한 메갈톤 일행은 입이 떡 벌어졌다.

"큰 무리다!"

자신들이 던전에 들어와서 상대한 워베어는 보통 서너 마리가 뭉쳐 있는 무리였는데, 지금 보고 있는 무리는 일곱 마리나 되었다.

"벌써 세 마리나 사냥했어!"

두 마리는 이마와 심장에 굵고 긴 강철 화살이 꽂혀 있었고 한 마리는 발목이 잘리고 목이 잘린 상태였다.

이 던전의 워베어는 변종답게 몸집은 물론 앞발이 크고 길며 사족보행보다는 이족보행에 익숙했고 무엇보다 근력과 민첩성이 아주 뛰어났다.

생체보호막의 방호력도 뛰어났지만 본능적으로 마나를 사용하는데, 단검처럼 길고 날카로운 발톱에 검기에 견줄 수 있는 위력적인 오러를 두를 수 있어 검기 실력자가 아니면 상대하기 어려웠다.

살아남은 워베어들은 동족의 죽음에 광분했는지 나무를 이용해서 피하는 인간들을 쫓으며 오러를 두른 긴 발톱을 마구 휘둘렀지만 애꿎은 나무들만 부러뜨릴 뿐이었다.

"엄청나게 빠르다!"

온 클랜원들은 절반은 나무 위에, 나머지 절반은 워베어의 시선을 끌고 있는데, 부러지고 넘어지는 거목들에도 불구하고 마치 날렵한 다람쥐처럼 장애물과 변종 워베어의 공격을 피하고 있었다.

그렇다고 온 클랜원들이 마냥 도망만 치는 것은 아니었다.

"속박!"

비교적 먼 거리에 있는 나무 위에 자리를 잡고 있던 마법사들이 틈이 나는 순간 마법을 발현했다.

마법 주문이 영창되는 소리와 함께 아주 잠깐 워베어 한 마리의 몸이 경직된 순간 도망을 치던 온 클랜원 중 두 명이 몸을 돌리기가 무섭게 놈을 향해 도약하면서 검을 휘둘렀다.

마구잡이로 휘두르는 것이 아니었다. 한 명은 발목을 향해 선명한 검기가 솟아난 검을 휘둘렀고 다른 한 명은 손목을 노렸다.

그들의 검이 변종 워베어에 닿기 직전에 강철 화살이 날아들어 생체보호막을 약화시켰다.

변종 워베어의 몸을 경직시킨 마법은 금방 풀렸다. 놈은 앞발로 당연히 눈에서 가까운 손목을 노리는 공격을 쳐 냈다.

마나가 주입된 앞발톱은 문제없이 검기를 두른 검날을 튕겨 냈지만 발목을 노린 검기는 피할 수 없어 놈의 발목에서 순간 피가 흘러나왔다.

바로 옆에서는 지계 마법에 의해 바닥이 세차게 흔들렸다. 해당 공간에 자리한 워베어가 중심을 잡으려고 안간힘을 쓸 때 놈을 향해 화살은 물론 두 검사가 역시 새처럼 빠르게 날아들면서 발목과 손목을 향해 검을 휘둘렀다.

화살로 인해서 생체보호막이 옅어지는 순간을 노려 쇄도한 검사들은 공격의 성공 여부를 확인하지 않고 검을 휘두르기가 무섭게 날듯이 뒤로 물러났다.

한 번에 죽일 수 있는 상대가 아니라는 사실을 잘 알고 있는 것이다.

'정말 노련하군.'

지켜보던 메갈톤 등 참관인들은 정교한 톱니바퀴처럼 유

기적으로 이어지는 온 클랜의 사냥 방식에 감탄할 수밖에 없었다.

　일곱 마리 중에는 꽤나 몸집이 거대한 워베어도 있었다.
　참관인들의 시선이 일제히 그쪽으로 향했다. 준보스는 아니지만 그에 근접한 놈으로 토벌군 중에서는 검기 완숙자 정도가 되어야만 잠깐이나마 상대할 수 있는 놈이었다.
　놈은 연속해서 날아드는 화살 공격에 길고 날카로운 발톱을 쉴 새 없이 휘둘러야만 했다. 화살에는 마나가 주입되어 있어 생체보호막으로는 막기가 힘들었다.
　놈을 상대하는 온 클랜의 공격을 지켜보던 메갈톤은 자신도 모르게 고개를 끄덕였다.
　'우리와는 사냥하는 방식 자체가 다르네.'
　토벌군의 경우 워베어를 만나면 어떻게든 생체보호막을 깨뜨리기 위해서 마나를 끌어 올려서 본인이 가장 자신 있는 검초를 펼친다. 그것이 찌르기건 베기건 말이다.
　하지만 그렇다고 온 클랜이 생체보호막을 무시하는 건 아니었다. 검이 생체보호막에 닿기 전에 푸르게 빛나는 강철 화살이 먼저 막과 부딪혔다.
　마나가 주입된 화살과 부딪힌 생체보호막이 충격을 받는 즉시 해당 부위를 강화했다.
　생체보호막이 대단한 것은 한곳에 일정 강도 이상의 충격을 받을 경우 막을 이루는 생체 마나가 그곳으로 몰려가서 강화를 시키거나 뚫렸을 경우 보강한다는 점이다.

그런데 온 클랜은 이런 생체보호막의 장점을 이용한 공격을 하고 있었다.

화살에 맞은 생체보호막 부위가 강화되는 동안 상대적으로 다른 부위는 보호막이 얇아질 수밖에 없다는 점을 이용해서 검기 실력자가 휘두른 검이 발목 부위를 베어 버렸다.

평상시라면 모르지만 생체보호막이 얇아진 순간을 노린 검격이 반복되자 보호막은 물론 밀생한 털과 가죽을 가르고 인대가 잘렸다.

생체보호막이 얇아지는 순간을 동일 부위를 몇 번이나 노린 검기는 결국 유의미한 결과를 만들어 냈다.

"크아아악!"

발목뼈까지는 아니더라도 아킬레스건이 잘린 워베어는 찢어져라 비명을 지르며 자신도 모르게 주저앉을 수밖에 없었다. 살면서 처음 느끼는 극렬한 통증에 어쩔 수 없는 반응인 것이다.

물론 개중에 사냥이나 전투 경험이 풍부한 나이 많은 개체는 고통에도 불구하고 발목을 잡거나 주저앉는 대신 통나무처럼 거대한 앞발을 마구 휘둘러 후속 공격을 막으려고 했다.

그때였다. 부러지지 않은 거목의 높은 곳에서 놈의 머리

위로 빠르게 떨어져 내리는 다른 온 클랜원이 있었다.

"오러 블레이드!"

아무런 기합도 없이 워베어의 머리를 향해 떨어지는 그 클랜원의 검에는 손바닥 길이에 불과하지만 검과 동일한 형상을 하고 있는 오러 블레이드가 검신 밖으로 생성되어 있었다.

싸악!

끊긴 아킬레스건과 후속 공격을 하는 다른 인간들 때문에 머리 위쪽은 신경을 쓰지 못했던 워베어는 머리가 두 쪽으로 갈라지는 참혹한 운명을 피하지 못했다.

아무리 트롤과 비견되는 전투력을 가진 변종 워베어라도, 바위도 가르는 오러 블레이드의 위력은 막거나 피할 수 없었다.

'미친……'

나머지 워베어들도 시간의 차이는 있었지만 거의 동일한 과정을 거치고 같은 운명을 맞이했다.

하지만 정령사들이 정령들로 하여금 움직임을 묶어 두고 있었던 마지막 한 마리는 달랐다.

'역시 준보스답네!'

인간으로 치면 소드마스터 초중급에 해당한 워베어 준보스는 항마력이 있어서 마법이 큰 역할을 하지 못했다. 그래서 일단 바람과 대지의 정령을 활용해서 놈의 움직임을 최소화시킨 것이다.

하지만 차례로 죽어 가는 워베어 전사들의 꼴을 확인한 놈은 바람 화살이나 마구 요동치는 대지의 움직임을 무시하고 그쪽으로 이동했다.

그 움직임에 정령사들이 즉각 대응을 달리했다. 바람 화살 공격을 포기하고 대지의 정령을 이용해서 바닥을 푹 꺼지게 만들거나 진창으로 만들었다.

놈은 자신의 행동을 방해하는 존재가 대지의 정령이라는 사실을 알았는지 주위를 둘러보더니 정령사들을 향해 놈들이 부러뜨린 나무를 적당한 크기로 다시 부수어서 던지기 시작했다.

그 나무 파편은 크기도 했지만 얼마나 강력한 힘이 담겨 있는지 바람의 정령이 만든 보호막도 순식간에 터져 나갔다.

그때 활약한 것이 바로 랄프였다. 그의 큰 몸을 통째로 가릴 정도로 거대한 방패 전면에 마나를 주입해서 날아오는 나무토막들을 비스듬하게 쳐 내어 정령사들을 보호했다.

텅! 텅! 텅!

랄프는 방패로 쳐 내는 거대한 나무토막에 실린 막강한 힘에 뒤로 밀려나기는 했지만 그럼에도 불구하고 정령사들을 지키는 데 큰 공헌을 했다.

결국 랄프가 분투하는 사이에 일반 워베어들을 끝장 낸 소드마스터들이 가세했다.

깡! 깡! 깡!.

준보스의 거대한 몸을 효과적으로 공격하기 위해서 나크훈, 제어컨, 반 홀랜드는 오러 블레이드를 사용했다.

준보스라고 하지만 오러 네일을 자유롭게 사용할 수 있는 능력을 가진 놈은, 타고난 괴력과 거구에 어울리지 않는 민첩한 움직임으로 세 명이나 되는 소드마스터를 위협했다.

어쩌면 그건 당연한 일이었다. 세 명이 비록 소드마스터이기는 해도 경지에 오른 지 얼마 되지 않아서 오러 블레이드를 자유롭게 사용하지 못했기 때문이다.

하지만 온 클랜에는 고문들만 있는 것이 아니다. 랄프를 비롯한 전사 대원들의 보호를 받고 있는 마법사와 정령사들이 마법과 정령을 통해서 놈의 자유로운 움직임을 구속하고 속도를 늦추었다.

덕분에 고문들은 온전한 제 기량을 모두 끌어내어 워베어 준보스를 상대할 수 있었다.

처음에는 합이 맞지 않았던 고문들의 공격도 시간이 가면서 맞기 시작했고 정령과 마법도 공격에 맞추어 발동되기 시작했다.

고문들은 가온이 당부한 대로 절대로 무리하지 않았다. 최선을 다한 공격을 퍼부을 만큼 퍼붓고는 조금 늦게 합류한 다른 고문들과 교대를 했다.

마법사와 정령사 들 역시 돌아가면서 포션을 마시면서 휴식을 취했다. 굳이 모두 다 공격에 참여할 필요는 없었기 때문이다.

대원들의 지원을 받은 고문들은 돌아가면서 쉴 수 있는 시간을 확보할 수 있었던 데 반해 워베어 준보스는 줄곧 전력을 발휘할 수밖에 없는 상황이 이어졌다.

인간으로 치면 소드마스터 초중급에 해당하는 가공할 전투력을 가졌으며 지구력 등 타고난 육체적 능력도 엄청난 워베어 준보스지만 온 클랜의 합공에는 견딜 수 없었다.

결국 놈은 앞발톱 중 세 개가 잘리고 발가락 두 개가 잘리자 더는 견디기 힘들었는지 도주를 감행했다.

하지만 놈이 달아나려는 방향의 넓은 지역이 순식간에 진창으로 변해서 무겁게 발을 붙들었고, 가면 갈수록 더 정교해지고 빨라지는 고문들의 검날이 허점을 파고들었다.

워베어 준보스는 분전했지만 10분 정도가 지나자 결국 목과 가슴에 검이 깊이 박힌 상태로 쓰러지고 말았다.

참관인들은 그 시간 동안 제대로 숨도 쉬지 못하고 몰두했다.

'본국의 소드마스터들도 사냥에 합류했지만 준보스는 다섯 마리밖에 사냥하지 못했는데…….'

그러니 온 클랜이 사냥하는 모습을 지켜본 참관인들이 충격을 받을 수밖에 없었다.

사실 이번 의뢰를 하면서 드베인 왕국 측은 온 클랜의 의뢰 실패를 확신했다.

보스는 고사하고 준보스조차 너무 막강한 전투력을 지니고 있어서 사냥하기가 극히 어려웠기 때문이다.

그래도 어쨌거나 온 클랜이 토벌군의 배후를 공격하기 위해서 출동한 워베어 별동대의 발길을 붙들어 둔다면, 그사이에 국왕이 특별히 초빙한 소드마스터 중급 실력의 강자 두 명이 합류해서 보스 사냥을 할 생각이었다.

'온 클랜뿐 아니라 이들이 따로 고용했다는 전사들의 실력이 비슷하다면 정말 의뢰를 완수할지도 모르겠어. 정말 아름다울 정도로 정교한 연계 공격이야!'

자신의 무력을 과시라도 하듯 마나를 최대로 끌어 올려 검기와 오러 블레이드를 생성해서 강 대 강으로 워베어를 상대하다가 그동안 큰 피해를 입은 토벌군의 고위 기사들의 사냥 모습과 비교하자 그 차이는 너무나 극명했다.

토벌군은 마법사 전력을 이렇게 이용하지 못했다. 마법사들은 물론 기사들도 자존심 때문인지 합공을 거부했기 때문이다.

사실 이런 밀림 지대에서 마법사는 활용도가 크게 떨어진다. 빽빽하게 자란 거목들이 원거리 마법 사용을 최소한으로 제한하는 것이다.

그런 와중에 온 클랜이 마법사와 정령사 그리고 궁사와 검사 들의 연계와 합공으로 너무나 쉽게 워베어를 사냥하는 모습을 목격한 참관인들은 모두 크나큰 충격을 받았다.

그리고 그들은 불가능까지는 아니지만 달성하는 데 상당한 피해를 감수해야만 하고 시간도 많이 걸릴 것이라고 생각했던 의뢰를 온 클랜은 얼마 걸리지 않아서 마무리할 것 같다고 결론을 내렸다.

온 클랜의 사냥 실력이 이 정도라면 어렵게 부탁을 해서 고용했고, 따로 팀을 구성해서 독자적인 사냥을 하도록 했다는 혼혈 엘프 전사들의 전투력도 대단할 것이다.

'그쪽도 참관을 했으면 좋겠는데…….'

아무래도 클랜장에게 부탁을 해 봐야 할 것 같았다.

참관인들은 참관으로 얻은 것이 많다고 생각했다. 다양한 직업군을 조합한 팀이 얼마나 유기적으로 움직이느냐에 따라서 전투력이 얼마나 강해지는지 제대로 알 수 있었다.

참관인들이 엘프 혼혈이라고 짐작했던 엘프 전사장들의 사냥은 온 클랜과의 그것과 비슷하면서도 좀 달랐다.

먼저 바람의 정령들이 워베어 무리를 찾아내면 나무 위를 통해 신속하게 이동해서 놈들을 포위한다.

크고 거대한 몸집과 달리 오감이 무척이나 민감한 워베어지만 30미터 이상의 나무 위쪽의 움직임은 일부러 집중하지 않는다면 알기가 힘들었다.

그렇게 포위한 상태에서 집중적인 화살 공격을 쏟아붓는다. 그냥 화살이 아니라 마나가 주입된 화살 삼십여 발이 하늘에서 직사로 내리꽂히는 것이다.

순식간에 생체보호막은 얇아지고 구멍이 뚫렸다. 복구가 되기는 하지만 그 속도보다 마나가 주입된 화살 세례의 위력은 아주 강력했다.

강철만큼 단단한 두개골을 가지고 있는 워베어지만 마나가 주입된 화살이 머리에 꽂히면 여지없이 죽을 수밖에 없었다. 몸의 다른 부위에 비해 머리 위쪽은 생체보호막이 가장 얇았고 마나가 주입된 화살은 두개골을 뚫을 수 있었다.

더구나 화살은 모든 워베어를 노리는 것이 아니라 다섯 마리 정도가 목표였다.

그렇게 화살 공격으로만 서너 마리를 죽인 엘프 전사장들은 워베어를 합공했는데, 토벌군 기사들과 달리 치명상을 입히거나 즉사시키는 것이 목표가 아니었다.

지속해서 출혈이 발생하도록 높은 민첩성을 바탕으로 쉴 새 없이 이동을 하면서 대미지를 누적시키는 방식으로 공격을 한다.

일반 개체라도 수십 미터 높이의 몇 아름드리나무도 앞발 치기 한 방으로 부러뜨릴 수 있는 가공한 괴력과 검기를 사용할 수 있을 정도로 놀라운 마나 능력을 가진 워베어다.

즉사시킬 정도로 위력적인 공격을 가하지 않는 것은 혹시 모를 틈을 주지 않기 위해서였다. 일단 워베어의 공간 안으로 들어가게 되면 다 죽어 가는 놈이라도 위험할 수밖에 없었다.

변종 워베어도 마수다. 아니, 마수가 아니더라도 맹수는 숨이 완전히 끊어질 때까지 상대에게 치명상을 입힐 수 있는 공격 능력을 가지고 있었다.

거기에 엘프 특유의 민첩성을 살리려면 강한 일격보다는 적당한 피해를 누적시키는 공격이 더 어울렸다.

엘프들은 마치 새처럼 나무를 옮겨 다니면서 워베어의 성질을 건드리고 충격을 누적시켰다.

심지어 동료들과 교대까지 해 가면서 체력과 마나 컨디션을 조절하니 워베어로서는 미칠 노릇이다.

그렇게 많은 상처가 나고 다량의 출혈이 발생하면 워베어의 움직임은 둔해질 수밖에 없고 그때 대전사장이나 대전사장에 근접한 전사장이 나서서 마지막 일격을 가한다.

일반 개체보다 한 배 반에서 두 배가량 강력한 괴력과 마나 능력을 가진 것으로 추정되는 워베어 준보스도 시간이 더 걸릴 뿐 결국 엘프 전사장들의 공격에 결국 숨이 끊어졌다.

당연히 온 클랜에 비해서 사냥에 걸리는 시간을 길지만 각 개인의 체력이나 마나 소모량은 낮을 수밖에 없다.

물론 온 클랜의 경우에도 크게 지치는 것은 아니지만 사냥이 끝나면 바로 허니비 포션으로 떨어진 체력과 마나를 회복할 수 있었다.

그렇게 온 클랜과 엘프들이 사냥을 하는 동안 가온이 하는 일은 따로 있었다.

바람의 막을 뚫고 퍼진 동족의 비명을 듣고 합류하려는 워베어 무리의 발길을 붙잡는 것이다.

본래라면 독립 혹은 가족 단위로 생활했을 워베어지만 지금은 보스의 명령을 받고 기습을 하려고 목적지로 이동하는 중이라서 무리 간의 거리도 가까웠다.

한 부대가 두 무리까지는 동시에 사냥할 수 있지만 그 이상이 되면 위험하다. 그래서 그런 경우에는 가온이 투명날개와 마나탄을 이용해서 놈들의 합류를 방해하는 것이다.

혼자서 버거우면 정령들의 도움을 받았는데, 덕분에 두 무리는 단독으로 모두 사냥해 버렸다. 당연히 준보스들이 포함된 무리였다.

그럼에도 불구하고 그가 올린 레벨은 겨우 4에 불과했다. 그만큼 가온과 놈들의 레벨 차이가 났다.

그렇게 가온의 활약으로 열 마리 정도로 무리를 이루어 이동을 하던 변종 워베어는 서로 합류하지 못한 채 총 11개 팀에 의해서 차례로 처리되었다.

온 클랜과 엘프 전사들은 정확히 하루 반 만에 준보스 삼십여 마리를 포함한 워베어 삼백여 마리를 사냥하는 의뢰를 끝냈다.

물론 피해가 없지는 않았다.

워베어, 특히 준보스의 경우 가볍게 팔을 휘둘러도 몇 아름드리 거목이 부러질 정도로 엄청난 괴력을 가지고 있었고 움직임도 민첩했기에 의뢰를 수행하는 동안 꽤 많은 사람들이 다쳤다.

특히 불과 얼마 전에 새롭게 전사장에 오른 엘프 측에서 꽤 많은 부상자가 나왔다.

그래도 다행스러운 일은 사망자가 나오지 않았다는 것이다. 죽지만 않으면 가온이 보유한 포션이나 헤븐힐과 마법사들이 어떻게든 치료할 수 있었다.

그렇기에 온 클랜과 엘프들은 순수하게 의뢰를 무사히 완수했다는 성취감을 즐길 수 있었다.

하지만 그들과 달리 즐기지 못하는 이들도 있었다. 바로 참관인들이었다.

"하아!"

참관이 끝나고 나서 넓은 지역을 돌아다니면서 죽은 워베어의 숫자를 헤아리는 짓을 해야만 하는 참관인들은 너무 황당해서 한숨만 나왔다.

"겨우 하루 반 만에 의뢰를 완수하다니……."

황당함에 이어 여러 가지 의문이 생겼다.

"워베어가 이렇게 쉽게 사냥할 수 있는 놈들이었습니까?"

"온 클랜은 그렇다고 치더라도 혼혈 엘프 전사들은 대체 어떻게 변종 워베어와 같은 상급 마수를 이렇게 쉽게 사냥할 수 있었던 걸까?"

참관인들은 거의 내내 온 클랜의 사냥을 참관했지만 간곡한 요청을 한 덕분에 엘프 전사장들이 사냥하는 모습도 두 번 참관했다.

그렇게 참관을 하고 난 사람들의 얼굴은 모두 비슷했다. 도저히 이해가 가질 않는 광경을 본 사람들의 그것이었다.

—아무리 엘프의 피를 이었다지만 어떻게 인간이 이렇게 높은 나무 위에서 그리도 자유롭고 빠르게 움직일 수 있는 걸까?

역시 전설의 엘프족 후예답다는 생각이 들었다.

어쨌건 단 하루 반 만에 토벌군의 배후를 습격하려고 했던 변종 워베어 300여 마리는 마정석이 적출되고 사체는 아공간으로 들어가는 신세가 되어 버렸다.

토벌군 숙영지.

"이틀, 정말 이틀 만에 의뢰를 완수했다고?"

토벌군 사령관인 에벤 왕자를 포함한 토벌군 수뇌부는 텔레포트를 통해 복귀해서 결과를 보고한 메갈톤 자작의 말에 믿을 수 없다는 얼굴이 되었다.

"사냥은 하루 반 만에 끝났습니다. 저희가 숫자를 확인하느라고 반나절 정도 시간이 걸린 겁니다."

"허어! 참으로 황당하군. 이틀이면 된다고 자신하기에 소문과 달리 허황된 자신감을 가진 자들이라고 폄하를 했거늘……."

"정말 믿을 수 없는 전력과 합격술을 갖춘 자들이었습니다."

"사냥 과정 전반에 대해서 자세히 설명을 해 보게."

메갈톤은 에벤 2왕자의 채근에 30여 분에 걸쳐서 아침에 도착했을 때부터 자신이 보고 들었던 모든 것을 상세히 보고했다.

"온 클랜의 사냥 실력도 대단하지만 혼혈 엘프 전사들의 능력도 발군이군."

"네. 평균적으로 검기 실력자의 경지였습니다. 대전사장이라는 자들은 소드마스터 경지였고요."

"그 정도의 실력을 가진 전사들을 300여 명을 고용했다니 온 대장은 배포도 배포지만, 참으로 능력이 좋군. 혹시 우리도 그들에게 의뢰를 할 수 있는지는 확인해 봤나?"

에벤 왕자는 어제 저녁에 통신 보고를 받을 때 메갈톤 자작에게 그 부분을 알아보라고 지시했었다.

"대전사장이라는 자들과 얘기를 해 봤는데 거절했습니다. 이번에는 온 대장과의 인연으로 받아들인 것이지, 자신들도 수가 크게 증가한 마수와 몬스터 들이 마을 근처에 출현했기 때문에 골치라고 했습니다."

"참 아깝군. 아무튼 온 훈 클랜장은 참으로 대단한 인맥을 가졌군."

"그래도 워베어 전력의 3분의 1 이상이 사라졌으니 우리 입장에서는 참으로 다행입니다."

토벌군의 참모라고 할 수 있는 홀든 백작의 말에 수뇌부의 안색이 밝아졌다.

"그렇지. 특히 준보스 30마리가 사라졌으니 우리 부담이 크게 줄었어."

준보스의 숫자는 대략 50여 마리로 소드마스터들이 아니면 해치우기 어려웠다는 점을 고려하면 마지막 공격만을 남겨 둔 토벌군으로서는 피해를 사전에 많이 예방할 수 있었다.

"어쨌든 성공적인 의뢰였소. 홀든 백작은 당장 게이트 기지로 연락해서 온 클랜이 의뢰를 완수했음을 알리고 그들이 던전을 나갈 때 대금을 지급할 수 있도록 조치를 하게."

"네, 전하!"

"오후에 도착한 오턴 드어트 후작과 루프론 에티 백작의 상태는 어떤가?"

"지금 연공 중이신데 은퇴를 하신 이후에도 지속해서 수련을 해 오셨기 때문에 내일 사냥에서도 기량을 발휘하는 것은 별문제가 없을 것 같습니다."

몇 년 전에 은퇴했지만 여전히 왕국 최고의 실력자인 두 사람이 가세했으니 안심이 되었다.

"자! 온 클랜이 워베어 준보스 30마리를 포함해서 300마리를 처리하는 데 성공했소. 숫자로는 3할 정도 줄였지만 워베어 전력의 절반 정도를 없앤 것이오. 이제 우리 차례요. 마침 보스를 상대할 두 분도 도착하셨으니 내일 공략을 하도록 하겠소. 이의가 있는 분이 있으면 말해 보시오."

이의는 없었다. 이 자리에 있는 이들은 이 순간만을 기다려 왔기 때문이다.

마지막 보스 공략만을 남겨 둔 토벌군 수뇌부의 사기는 그 어느 때보다 높았다.

보스 사냥

다음 날 아침, 온 클랜원들이 한자리에 모여 앉았다. 헤븐힐 일행도 일찌감치 접속한 상태였다.

대원 대부분은 새벽 수련으로 간신히 술기운을 날려 보낸 상태였다. 어제는 늦게까지 엘프 전사장들과 술자리를 함께하면서 돈독한 정을 쌓은 것이다.

숫자도 많았거니와 다들 주량이 엄청났기 때문에 와인과 맥주를 합쳐 술통 50개가 비어 버리는 비극이 벌어졌지만, 기온에게는 굉장히 의미가 깊은 시간이었다. 두 무리는 앞으로도 종종 이렇게 함께 움직여야 하는 사이였기 때문이다.

엘프들은 자신들이 가온의 영혼에 새겨져 있는 생명의 아공간에 거주하고 있다는 사실은 밝히지 않았지만, 자신들에게는 주인이라고 할 수 있는 가온의 동료들이기에 더욱 친밀한 감정을 느꼈다.

아마 그런 점이 아니었다면 성정이 원래 차가운 엘프들이 온 클랜원들과 친교를 나눌 생각은 하지 않았을 것이다.

그래도 같은 피가 흐른다고 엘프들은 혼혈 엘프들에게 각별한 정을 느꼈다. 그래서 그들에게는 이런저런 조언들을 해주었는데, 그것들을 제대로 자신의 것으로 만든다면 혼혈 엘프들의 실력이 급상승할 것이다.

아무튼 전날 좋은 술자리를 즐겨서 그런지 의뢰를 완수해서 그런지 대원들의 얼굴은 무척 밝았다.

"대장, 이제 나가기만 하면 됩니까?"

샤나와 나란히 앉은 패터가 물었다.

"의뢰를 완수했으니 당연히 그래야지."

"이동 마법진을 사용할 생각이냐?"

이번에는 나크 훈이 물었다.

"아닙니다. 던전이 소멸하려면 보름이 걸릴 테니 조금 귀찮겠지만 숲으로 이동하면서 사냥을 더했으면 합니다."

"사냥을?"

"네. 귀로에서 약간만 벗어나도 트롤 서식지는 물론이고 오우거 서식지도 있다고 들었습니다."

"흠. 그렇다면 제대로 손맛을 볼 수 있겠군."

나크 훈은 비롯한 고문들은 물론이고 나머지 대원들도 기대하는 얼굴이 되었다.

"어차피 토벌군이 워베어를 완전히 토벌해서 던전을 클리어한다고 해도 던전이 소멸될 때까지는 꽤 여유가 있습니다. 변종 워베어의 경우 최대한 안전하고 빠르게 완수해야 했기에 합공으로 처리했지만, 트롤이나 오우거라면 충분한 실전 경험을 얻을 수 있을 겁니다."

안 그래도 일반 워베어는 단독으로 사냥하지 못했고 준보스의 경우 합공으로 간신히 사냥했기 때문에 생각했던 것만큼 실전 경험을 쌓지 못한 고문들을 포함한 대원들의 얼굴이 환해졌다.

오우거의 경우 소드마스터에 오른 고문들이, 트롤들은 검기 완숙자 경지의 대원들이 일대일로 상대하면 된다.

나머지 대원들은 이제까지 그래 왔던 대로 합공으로 트롤을 사냥하면 될 것이다.

그렇게 하면 원했던 실전 경험을 충분히 쌓을 수 있었다.

"대장님도 함께 가시나요?"

세르나가 조심스럽게 물었다.

"아닙니다. 나는 혹시 몰라서 토벌군이 보스를 처리하는 것까지 확인하려고 합니다."

가온의 대답에 몇 명이 실망한 눈치를 보였지만 어쩔 수 없었다.

'나도 대원들과 같이 움직이고 싶지만 준보스의 전투력을

생각하면 클리어가 어려울 수도 있어.'

직접 확인한 준보스의 전투력은 소드마스터 초급에서 중급 사이다. 이전에 경험했던 준보스와 보스의 차이를 생각하면 놈은 소드마스터 중급에서 상급일 텐데, 아무래도 상급일 가능성이 더 높았다.

자신이 알기로 드베인 왕국에는 소드마스터 상급이 없었다. 몇 년 전에 은퇴를 했다는 근위 기사단의 단장과 한 공작가의 전임 기사단장이 중급이었다는 정보만 들었던 것이다.

토벌군 수뇌부에서도 마지막 토벌전에 온 클랜을 포함시키고 싶을 테지만 보상 때문에 주저하지 않을까 싶었다.

'차라리 의뢰를 해 주면 좋겠는데.'

물론 그건 가온 자신의 능력을 모르고 있을 테니 가능한 일은 아니다.

그래서 꼭 확인을 하고 싶었다. 자칫 의뢰는 완수했지만 던전 공략의 결과가 좋지 않아서 돈을 받기가 찜찜한 상황이 벌어질 수도 있었다.

⟨⟩

그렇게 가온은 일행과 헤어져서 한창 보스 공략이 이루어지고 있을 곳으로 날아갔다.

'저기네!'

워낙 수림이 울창한 곳이라서 내심 좀 걱정을 했지만 전투가 벌어지는 곳은 금방 찾을 수 있었다. 특정 지역 곳곳에 거목들이 부러져서 만들어진 커다란 공터들이 보였다.

가장 먼저 눈에 들어온 토벌군 한 팀이 변종 워베어를 사냥하는 모습을 잠깐 지켜보았다.

'제법이네.'

마법사 두 명에 기사와 정예병 여덟 명으로 구성된 팀이 변종 워베어 한 마리를 상대하고 있었다.

마법사들이 속박 마법이나 어스퀘이크와 같은 마법으로 워베어들의 움직임을 제약하는 순간을 노리고 검기를 사용하는 기사들이 공격을 하고 순식간에 뒤나 옆으로 빠졌다.

보통의 기사들처럼 전력을 다한 한 번의 공격으로 워베어의 숨통을 끊는 방식이 아니라 시간은 좀 걸리더라도 교대를 해 가면서 피해를 누적시켜서 안전하게 사냥하는 헌터들의 방식이었다.

처음에는 손발이 맞지 않아 부상자가 나오기도 했지만 가시적인 성과가 나오자 적극적으로 다른 사람의 상황을 파악하고 합을 맞추다 보니 어느 순간 손발이 맞기 시작했다.

가온은 그게 모두 참관인들의 보고를 받고 큰 인상을 받은 토벌군 수뇌부가 새로 마련한 전술임을 알지 못했다.

가온은 토벌군이 생각보다 효율적으로 변종 워베어를 사냥하고 있음을 확인한 후 가장 격렬한 전투가 벌어지고 있는 중앙 지역으로 향했다.

'대단하네.'

워베어 준보스 20여 마리가 2급 기사로 추정되는 수백 명의 기사들을 맞아서 강 대 강으로 싸우고 있었다.

검기를 생성한 기사 십여 명이 준보스 한 마리를 상대하고 있었는데, 비록 마법의 보조는 받지 못하고 있었지만 그들 역시 한 번에 다섯 명씩 교대로 워베어를 공격하고 있었다.

워베어의 공격에 부상을 당한 기사들은 동료들에 의해서 빠르게 뒤로 후송되어 마법사나 사제 들의 치료를 받고 대기하던 기사들이 투입되어 공백을 메꾸는 모습이 아주 인상적이었다.

가온은 시간이 갈수록 기사들의 검격이 빠르고 날카로워지고 움직임 또한 가벼워지는 것을 확인하고 좋은 결과를 예상할 수 있었다.

그럴 수밖에 없는 것이 각 팀에는 검기 완숙자가 한 명씩 포함되어 있었는데, 혹시 사상자가 나오더라도 검기 완숙자는 흔들리지 않고 워베어 사냥을 집중하고 있었다.

압권은 전장 한쪽 구석이었다.

'저놈이 보스구나!'

준보스에 비해서도 상체 하나만큼 더 크고 거대한 몸을 가진 워베어 보스는 굉장히 민첩한 움직임으로 기사들을 상대하고 있었다.

'역시 소드마스터 상급 경지네.'

발톱에 생성된 오러 네일의 길이가 무려 1미터가 넘었다.

상대는 놈과 마찬가지로 1미터에 달하는 오러 블레이드를 뽑아낸 두 명을 포함한 소드마스터 여덟 명이었다.

그들 역시 차륜 공격을 하고 있었는데 다른 팀들과는 사정이 좀 달랐다. 1미터에 달하는 오러 블레이드를 뽑아낸 두 명을 제외하고는 감히 놈의 오러 네일을 맞받아칠 수가 없었다.

워베어 보스는 시간이 갈수록 부하들이 자꾸 죽어 나가자 결국 눈이 뒤집히고 말았다.

우어어어어!

전장의 모든 사람이 순간적으로 몸이 굳어 버리는 위력적인 피어를 내지른 놈의 오러 네일의 길이가 단숨에 배로 늘어나고 두께도 굵어졌다. 뿐만 아니라 몸놀림도 이전에 비해 거의 50%나 민첩해졌다.

'광폭화 능력까지 가지고 있었구나.'

육체의 잠재 능력을 발현시키는 대신 이성이 마비되는 능력이었다.

꽝!

"크윽!"

워베어의 움직임이 갑자기 민활해지자 결국 부상자가 나오기 시작했다. 소드마스터 중급으로 보이는 두 기사를 제외한 다른 소드마스터들은 갑자기 증가한 놈의 공격에 제대로 대응하지 못한 것이다.

동체시력이 따라가지 못할 정도로 빠르게 휘두르는 오러 네일은 풍압만으로 살과 근육에 큰 손상을 줄 정도였다.

그러니 이전처럼 공격을 피하는 것도 쉽지 않았고 제대로 맞으면 기사들의 갑옷이 종잇장처럼 가볍게 찢어지는 물론 이고 제대로 맞으면 기식이 엄엄해질 정도의 중상을 입을 수밖에 없었다.

순식간에 네 명이 전권에서 이탈했다. 그중 한 명은 아예 머리가 사라진 상태였고 한 명은 가슴팍이 눈에 띄게 들어갈 정도의 중상을 입고 말았다.

"빨리!"

대기하고 있던 예비 전력이 즉각 투입되었지만 그들의 경지는 검기 완숙자에 불과해서 더욱 위험해졌다.

소드마스터 중급 두 명이 어떻게든 놈의 공격을 막으려고 분전을 했지만, 갈수록 상황이 악화되었다. 그만큼 놈의 움직임이 빨랐다.

결국 조금 떨어진 곳에서 전황을 살펴보고 있던 수뇌부가 물러나기 시작했다. 위험하다고 판단한 것이다.

'너무 성급한 거 아닌가?'

그런 생각을 하면서 무심코 다른 곳으로 눈을 돌렸던 가온의 얼굴이 심각해졌다.

'다른 놈들의 능력까지 강화되었어!'

보스의 피어가 준보스들은 물론 일반 워베어들의 능력을 강화시킨 것이 분명했다.

워베어들은 이제까지 차륜 공격을 퍼부으면서 아프게 만들었던 인간들에게 복수라도 하듯 한층 강화된 능력으로 날뛰기 시작했다.

광폭화 스킬을 사용한 것으로 보이는 보스가 얼마나 더 날뛸지는 알 수 없지만 피어로 인해서 공격력이 증대한 워베어들을 상대하는 기사들의 피해도 빠르게 늘어나고 있었다.

이제까지 그리 바쁘지 않았던 마법사들과 사제들의 움직임이 빨라지고 있었고 대기하고 있던 예비 전력도 동요하는 모습이 역력했다.

'원래 잠깐 보기만 하려고 했는데…….'

어쩐지 느낌이 불안했다.

그렇다고 사전에 전혀 얘기도 되지 않은 상황에서 자신이 끼어들어도 될지 모르겠다. 기사란 족속들은 자존심 빼면 시체라는 말이 어울리는 작자들이라 돕는 것도 신경을 써야만 했다.

잠시 더 지켜보는 사이에 전황은 눈에 뜨게 악화되고 있었다. 물론 토벌군 측은 아직 전투에 나서지 않고 대기하는 인원이 많긴 했지만, 워베어를 사냥할 정도의 실력을 가진 이들은 많지 않았다.

특히 준보스와 보스를 상대할 수 있는 2급 이상의 기사들이 너무 적었다. 놈들은 2급 이하의 수준이라면 인원을 더 투입한다고 해서 사냥할 수 있는 대상이 아니었다.

일부분이지만 상대하던 준보스를 놓치는 바람에 놈이 다른 준보스와 합류해서 날뛰는 상황이 벌어져서 순식간에 십여 명의 사상자가 나기도 했다.

'애초부터 준보스들도 마법사들의 도움을 받아서 놈들을 사냥했어야만 했는데.'

이건 토벌군 수뇌부의 전술 역량이 부족해서 벌어진 것이다. 실제로 강력한 능력을 가진 고위급 마법사들이 거의 활약을 하지 못하고 치료에만 매달리고 있었다.

일단 준보스들이 날뛰기 시작하면 팀별로 워베어를 사냥하는 것은 엉망이 되고 만다. 그리고 그 결과는 당연히 토벌군의 큰 피해로 이어질 수밖에 없었다.

'젠장! 어떻게 할까?'

자신이 돕고 싶어도 상대가 어떻게 나올지 알 수가 없었다.

원래 귀족이나 기사 들은 설령 자신이 위험에 빠졌다고 해도 사전에 약속되지 않은 이가 도울 경우 고마움 대신 자존심이 상했다고 여기는 경우가 있었다.

그렇다고 같은 인간이 변종 워베어에게 이렇게 죽어 가는데 마냥 지켜보는 것도 인간적으로 못할 짓이다.

잠시 고민하던 가온은 결국 움직이는 쪽을 선택했다.

'목숨이 먼저지.'

나중에 욕을 좀 먹더라도 눈앞에서 사람들이 죽어 나가는 꼴은 도저히 볼 수 없었다.

보스 쪽은 아직 여유가 좀 있었다. 소드마스터 중급 두 명은 어떻게든 보스의 움직임을 제어하고 있으니 말이다.

그렇다면 다른 준보스를 상대하는 토벌군을 도와야 하는데 좀 고민이 된다.

'마나탄이 좋을까? 아니면 마나포를 사용해 볼까?'

잠깐 고민하던 가온은 아공간에서 마나포를 꺼냈다. 굳이 자신의 고유 스킬을 만천하에 공개할 필요는 없었기 때문이다.

가온은 은신 스킬을 해제하고 목표와 가까운 상공으로 날아갔지만 토벌군이나 워베어 양측 모두 하늘에는 전혀 신경을 쓰지 못할 정도로 혼전인 상황이었다.

그렇게 목표가 바로 내려다보이는 상공에 도착한 가온은 마나포의 포신을 아래로 향하며 마나를 주입했다.

지이이잉.

마나가 충전되면서 포신 내부에는 오색의 영롱한 마나구가 생성되기 시작했다.

'됐다!'

마나포는 곡사가 아니라 직사용 무기였고 거리가 멀지 않

보스 사냥 95

아서 조준은 어렵지 않았다.

마나포탄이 완전히 생성된 순간 가온은, 자세가 완전히 무너진 기사들을 향해 오러 네일을 휘두르고 있는 한 워베어 준보스를 향해 발사했다.

거리는 대략 50여 미터에 불과했고 워베어 준보스의 몸집은 워낙 컸기 때문에 빗나갈 일은 절대 없었다.

파앙!

방아쇠를 당기는 순간 오색의 영롱한 마나구가 무서운 속도로 아래를 향해 날아갔다.

마나구는 약간의 가속도까지 더해져서 순식간에 목표의 오른쪽 어깨를 직격했다.

퍼억!

크애액!

쇄골을 포함한 오른쪽 어깨 부분이 통째로 사라진 워베어 준보스의 입에서 끔찍한 비명이 튀어나왔다.

'연사하기는 힘들지만 나만 쓸 수 있는 마나탄에 비해서 크기도 더 커서 효용성은 더 높네.'

한 방에 두꺼운 생체보호막은 물론 어깨 부분이 박살 났다. 이 정도면 세 방 정도면 워베어 준보스를 처리할 수 있을 것 같았다.

마나구를 발사한 순간부터 다시 마나를 주입하기 시작했기 때문에 놀란 사람들이 주위를 두리번거릴 때 마나포는 다

예자몽으로
히든랭커

시 완충되었다.

하지만 굳이 이미 큰 상처를 입어 오른팔을 쓸 수 없는 놈을 끝장까지 낼 필요는 없었다. 이 시각에도 위험한 이들이 많았다.

어깨가 날아간 놈은 고통과 충격으로 인해 잠시 공황 상태에 빠져 있다가 이내 주위를 둘러보았다.

쿠아아앗!

놈은 마침 위로 시선을 돌리고 가온의 존재를 확인하고 분노에 가득한 피어를 내지르다가 달려드는 인간들의 공격을 받아야만 했다.

그들은 예비대로 다친 동료 혹은 선배가 다칠 경우에 대비해서 편성되었다.

수뇌부의 생각대로 토벌이 진행되었다면 그들은 제대로 활약할 기회를 잡지 못할 테고 결국 업적 보상도 받지 못할 처지였다.

그런데 바라던 상황이 벌어졌다. 갑자기 힘과 마나가 폭발적으로 증가한 변종 워베어의 공격으로 인해서 놈을 상대했던 기사들이 죽거나 다친 것이다.

하지만 그들은 미리 생각했던 대로 워베어를 공격할 수가 없었다. 마치 순간적으로 강화라도 된 것처럼 워베어가 강력한 전투력을 발휘했기 때문이다.

명령을 내릴 수뇌부 쪽을 보니 그들도 철수할 태세였다.

그래서 그들 역시 도망을 치려고 했는데, 상황이 급변했다.

상황을 반전시킨 주인공의 정체는 보는 순간 알 수 있었다.

'새처럼 날고 있는 것을 보면 소문이 자자한 온 클랜의 온 훈 대장이 틀림없어!'

통신 마법사들을 통해서 온 클랜의 활약상은 물론이고 비행 아이템을 보유하고 있다는 클랜장에 대한 소문을 들었다.

무엇보다 온 클랜은 우회해서 자신들의 후미를 기습하려는 워베어 별동대를 처리하는 의뢰를 받아서 던전에 들어왔으며, 불과 이틀 만에 준보스 30마리가 포함된 워베어 300여 마리를 사냥했다는 사실까지 알고 있으니, 날개 아이템을 등에 장착하고 하늘에 떠 있는 그를 못 알아볼 리가 없었다.

그런 온 훈 대장이 유물 아이템으로 추정되는 무기로 동료와 선배 들을 학살하려고 했던 변종 워베어의 어깨 한쪽을 날려 버렸다.

당연히 기회다. 게다가 놈은 하늘에 떠 있는 온 대장을 향해 분노를 불태우느라고 주의가 분산된 상태였다.

예비 대원들이 일제히 몸을 날렸다. 비록 예비대이기는 하지만 그들 역시 마나 사용자이니 그들의 검에는 당연히 검기가 둘러져 있었다.

어깨 한쪽이 날아갈 정도로 강력한 타격에 놈의 생체보호막은 사라진 상태다.

푹! 푹! 푹! 푹!

틈 하나 없을 정도로 밀생한 긴 털 그리고 두껍고 질긴 가죽을 가진 워베어에게 가장 효과적인 공격은 찌르기였다.

딴 곳에 정신을 팔고 있던 워베어로서는 도저히 막을 수 없는 공격이었다.

놈은 그 상황에서도 어떻게든 인간들을 죽이려고 했지만 사방에서 검기를 두른 검들이 화살처럼 날아와서 몸에 꽂혔다.

깡! 깡! 깡!

워베어는 그 와중에서도 몇 개의 검을 쳐 냈지만 모두 다 쳐 낼 수는 없었고 그중 몇 개는 심장을 깊이 꿰뚫었다.

"죽였다!"

기쁨이 가득한 인간의 환호성이 죽어 가는 워베어의 귀에 흐릿하게 들려왔다.

그때부터 가온은 하늘을 선회하면서 변종 워베어 준보스를 포함한 워베어들에게 마나포탄을 날렸다.

마나포탄의 위력은 대단했다. 적어도 팔이나 다리 한 짝은 날려 버렸으니 말이다.

같은 놈을 대상으로 두 발을 발사하지는 않았다. 그럴 필요가 없었기 때문이다. 이미 선례를 목격한 예비대의 기사들이 득달같이 달려들었다.

10여 분이 흐르자 전황은 처음과 마찬가지로 토벌군에 유리해졌다. 마나포탄에 맞으면 워베어의 몸 일부분이 박살이 나니 기사들의 공격이 먹힐 수밖에 없었고 당연히 기사들의 사기가 빠르게 올라갔다.

거기에 경상을 입은 기사들이 포션이나 마법 혹은 신성 치료를 받고 전투에 나서자 상황은 토벌군에 더욱 유리해졌고 이젠 반대로 워베어들이 쓰러지기 시작했다.

그렇게 전황을 유리하게 바꾼 가온은 마지막으로 보스와 두 소드마스터가 격렬하게 맞붙은 곳으로 향했다.

두 소드마스터와 워베어 보스는 전장 바로 위쪽을 날아다니며 상황을 반전시킨 가온의 존재를 알고 있었다. 그 정도 경지가 되면 마나 감응력으로 주위에서 일어나는 일을 바로 알아차릴 수 있었기 때문이다.

가까이 다가가니 60대로 보이는 두 소드마스터는 보스의 오러 네일을 받아치는 반동으로 뒤로 날아가면서 가온을 향해 고개를 까닥했다.

얼굴 대부분을 가리고 있는 바이저로 인해서 표정은 알 수 있었지만 눈빛은 분명 그에게 감사하다는 마음을 담고 있었다.

가온이 마나포로 준보스들을 공격하는 모습을 보고 보스

의 집중력이 흐트러지지 않았다면, 두 사람은 지금까지 견디지 못했을 것이다.

마나가 무한정 있는 것처럼 보스의 오러 네일은 아직도 2미터 길이를 유지하고 있었기 때문이다.

하지만 놈을 상대하는 두 노기사의 행색은 말이 아니었다. 얼마나 악전고투를 하고 있는지 풀 플레이트 갑옷은 곳곳이 찌그러지거나 떨어져 나가서 상처가 그대로 노출되었다.

그들을 도와서 보스를 상대하고 있던 기사들의 몰골은 더욱 처참했다. 예비대까지 포함해서 대략 30명 정도 되는 1급 기사 대부분이 중상을 입어 더 이상 보스를 상대할 수 없는 상태였다.

'나중에 시비를 걸어도 할 수 없지.'

이쪽은 소드마스터들이 포함되어 있어서 자신의 가세를 더욱 기분 나빠 할 수도 있지만 마음이 시키니 어쩔 수 없었다.

가온은 완충된 마나포의 포신을 보스에게 향했다.

쿠오오오우!

보스는 위협을 느꼈는지 피어를 방출했다.

'이럴 줄 알았지.'

가온의 몸 주위에는 어느새 카오스가 만들어 낸 바람의 막이 만들어져 있었다.

물질까지 통과하는 피어의 초저주파였지만 카오스가 수천

줄기의 바람으로 촘촘하게 엮어서 만든 바람의 막을 통과하지 못했다.

워베어 보스가 이해가 안 간다는 눈을 하고 있을 때 바람의 막 밖으로 삐져나와 있는 마나포의 포신에서 마나포탄이 발사되었다.

팟!

거리가 가까웠던 만큼 마나포탄은 순식간에 보스 워베어를 직격했다.

펑!

'됐다!'

보스에게도 마나포가 통한다는 사실에 내심 환호하던 가온의 얼굴이 굳었다. 너무나 안타깝게도 마나포탄은 놈의 생체보호막을 뚫거나 부수지 못하고 오색 불꽃만 만들어 냈을 뿐이다.

'맙소사! 오러실드라니!'

일렁이며 사라지는 오러막을 보니 놈이 소드마스터 상급은 되어야 사용할 수 있다는 오러실드를 펼쳤다는 사실을 알 수 있었다.

쿠오오오오우!

그래도 충격이 전혀 없었던 것은 아닌지 보스 워베어가 이전보다 더 높은 피어를 내질렀다. 물론 카오스가 만들어 낸 바람의 막은 피어의 파동을 효과적으로 막아 냈다.

'어디 한번 끝까지 해보자!'

가온은 완충된 마나포를 다시 발사했다.

사십 번 이상 마나를 충전하는 과정을 통해서 마나 운용력이 높아졌기 때문인지 마나포가 순식간에 완충되었다.

팟! 퍽!

이번에도 마나포탄은 보스의 오러실드를 뚫지 못했지만 물결치듯 충격을 사방으로 흩트리는 모습은 확실하게 볼 수 있었다.

'아주 조금은 더 얇아졌어.'

첫 포격으로는 오러실드의 변화를 이끌어 내지 못했지만 두 번째 포격으로 인해 새로운 변화가 생겼다. 오러실드의 움직임을 미세하게나 알아볼 수 있었던 것이다.

가온은 또다시 마나포를 발사했다.

팟! 퍽!

이번 포격으로도 보스 워베어의 오러실드는 깨뜨리지 못했지만 확실하게 오러실드의 움직임이 이전보다 더 활발해졌다.

네 번째 포격.

워베어 보스는 처음으로 오러 네일로 자신에게 날아오는 마나포탄을 부수었다.

'후후! 너도 이젠 쫄리는구나!'

놈 역시 이대로라면 오러실드가 부서질 거란 사실을 알고 있었다.

가온은 마나포탄의 속도를 따라잡을 수 있는 워베어 보스의 움직임에 감탄했다. 잔상조차 남지 않을 정도로 빨랐기 때문이다.

다섯 번째 포격을 준비하고 있던 가온은 카오스의 경고에 화들짝 놀라서 점핑 앤 플라잉 스킬을 발동했다.

파앙!

슈욱!

간발의 차이로 자신의 얼굴을 스치고 지나간 것은 분명히 작은 오러 덩어리였는데, 놈의 피어를 효과적으로 막아 냈던 바람의 막이 순식간에 뚫려 버릴 정도로 위력적이었다.

'분명 검환이야!'

자신을 향하고 있는 워베어 보스의 앞발톱에 생성되어 있는 오러 네일의 끝부분이 구슬처럼 동그랗게 변해 있었다.

가온은 그것이 소드마스터 상급은 되어야 발휘할 수 있는 검환이라고 추정했다.

그가 읽었던 검술 이론서에서는 검환이 오러가 압축되어 구슬처럼 구체를 이룬 형상으로 못 뚫을 것이 없을 정도의 관통력을 가지고 있다고 했다.

'완전히 괴물이네.'

자신이 이제까지 해치웠던 던전의 보스들과는 차원이 달랐다. 인간형도 아닌 마수가 검환을 사용할 수 있다니 믿어지지가 않았다.

검술 이론서에 의하면 검환은 검과 마나에 대한 깨달음이 한계 이상으로 높아야만 사용할 수 있다고 기재되어 있었기 때문이다.

마수라고는 해도 마나 운용력은 물론 인간에 못지않은 지능을 가지고 있다는 증거였다.

그렇다고 기가 죽지는 않았다.

'어차피 내가 직접 놈과 싸우는 것은 아니니까.'

자신은 어디까지는 조력자 역할만 할 생각이다.

보스의 검환을 경험한 가온은 이제까지와 달리 더 높은 상공으로 올라간 후 빠르게 날아다니면서 마나포를 발사하기 시작했다.

물론 워베어 보스도 지금까지와 달리 오러 네일로 마나포탄을 부수고 검환을 만들어 가온을 공격했기에 전투의 양상이 많이 바뀌었다.

함께 워베어 보스를 상대하던 현역 소드마스터들이 하나씩 부상을 입고 전권에서 이탈하면서 한계에 몰렸던 드베인 왕국의 두 중급 소드마스터는, 워베어 보스가 가온의 공격에 정신을 못 차리고 대응을 하면서 숨을 고를 여유를 얻었다.

서둘러 포션을 마시고 급한 대로 마나 연공을 한 두 사람은 전력의 5할 정도로 되찾을 수 있었다.

"저 친구 덕분에 살았네."

"그러게 말입니다."

근위기사단 전 단장이었던 오턴 드어트 후작의 말에 역시 막 연공을 끝낸 휘로트 공작가의 전 기사단장 루프론 에티 백작이 고개를 끄덕였다.

"비행 아이템을 소지한 것으로 봐선 저 친구가 소문의 주 인공이겠군."

"맞습니다. 온 훈이라고 철혈검류라는 유랑 검술관에 속 한 자유기사들을 이끌고 있다고 합니다."

"그런데 전하께서 맡기신 의뢰는 보스와는 상관이 없지 않 나?"

"저도 그렇게 알고 있습니다."

두 사람은 어제 도착해서 휴식과 오늘을 위해서 연공을 하 느라고 수뇌부 회의에는 참석하지 않았기에 확실한 것은 아 니지만, 토벌군의 상황은 이미 꿰뚫고 있었다.

"흠. 소문대로 용병은 아닌 모양이네. 의뢰도 받지 않았는 데, 우리를 도울 생각을 하다니."

"자존심과 체면을 중시하는 이들은 어떻게 생각할지 모르 겠지만, 우리에게는 정말 고마운 일입니다. 저 친구가 아니 었으면 저희 둘은 물론이고 워베어들을 상대하거나 치료를 받고 있던 우리 왕국의 동량들도 대거 워베어 보스의 먹이가 되고 말았을 겁니다."

루프론은 천생 기사인 오턴 후작이 미약하지만 자존심 상한 표정을 떠올리는 것을 보고 그렇게 말했다.

"나중에라도 꼭 감사 인사를 전해야겠군. 은혜를 입었으면 당연히 갚아야 인간이지. 사실 자존심은 좀 상하지만, 워베어 보스의 주의를 자신에게 돌려 죽음의 문턱까지 몰린 우리를 구한 것은 사실이니까. 게다가 저 친구의 스승이 나크훈이라고 하니, 같은 동료의 도움을 받은 것이나 다름없지."

오턴은 일부러 부상을 치료하고 있는 기사들이 들을 수 있을 정도로 크게 말했다.

드베인 왕국은 마탑의 세력이 약하고 기사의 세력이 강한 전형적인 기사도의 나라다. 그래서 기사들의 특권의식은 굉장해서 자존심도 강하고 체면을 굉장히 많이 따지는 것이다.

만약 자신들이 이렇게 의사를 표명해 두지 않는다면 후배 기사들 중에는 목숨을 구해 준 은혜를 입었음에도 온 훈이 쓸데없이 참견을 했다고 헛소리를 할 이들이 틀림없이 나올 것이다.

"자, 저렇게 보스의 주의를 끌어 주는 조력자도 있는데 이제 전력을 기울여서 끝장을 내자고!"

오턴의 말에 무의식중에 주위를 둘러본 루프론 백작이 인상을 썼다.

"젠장! 같이 싸울 수 있는 이들이 없습니다!"

처음에 같이 싸웠던 소드마스터들의 부상은 무척 심각했다. 포션과 치료 마법으로도 단시간에 고칠 수 없을 정도로 심한 부상이나 내상을 입은 것이다.

　문제는 그것만이 아니다. 지금도 워베어 보스의 주의를 끌고 있는 마나포는 지금처럼 떨어진 상태라면 상관이 없었지만, 놈을 처리하려면 가까이 붙어야만 하기에 그들에게도 위험했다.

⋘⋙

　가온의 출현에 혹시 모를 사태에 대비해서 철수할 준비를 했던 토벌군 수뇌부의 분위기가 확 바뀌었다.

　새처럼 날아다니며 뭔가를 발사해서 워베어의 전력을 약화시키는 누군가 덕분에 불리했던 전황이 눈에 띄게 유리해졌다. 특히 워베어 보스를 상대하던 1급 기사들은 그 인물 덕분에 살아났다고 해도 과언이 아니었다.

　"저 사람, 대체 누구야?"

　"아! 온 훈 대장입니다!"

　"맞다! 비행 아이템을 이용해서 새처럼 날아다닌다고 들었어!"

　"저건 라티르 왕국이 보유하고 있는 고대 유물인 마력포가 확실합니다!"

　2왕자의 질문에 보좌하던 귀족들이 붉게 상기된 얼굴로 앞다투어 말했다.

"온 클랜의 클랜장이 왜?"

온 클랜은 맡은 의뢰를 성공적으로 완수했지만 드베인 왕국 측은 물론 토벌군 측에서도 워베어 보스의 사냥 건에 대한 의뢰는 하지 않았다.

그래서 그가 이 자리에 나타날 것으로 예상한 사람은 아무도 없었다.

"그는 그저 돈만 아는 용병이 아닙니다. 아그레시아 왕국의 대다수의 기사들이 존경하는 나크 훈 기사의 제자이며 유서 깊은 철혈검류 검술관의 자유기사입니다. 만일 그가 보통 용병이었다면 의뢰금조차 받지 않은 상태에서 라티르 왕국을 위해서 조인족을 고용하지 않았겠지요."

다른 귀족들이 2왕자처럼 의아해만 하고 있을 때 온 클랜의 의뢰 수행을 참관했던 메갈톤 자작이 그렇게 대답했다.

"그처럼 책임감이 강한 기사라면 당연히 던전 공략이 마무리되는 것을 확인하고 싶었을 겁니다. 그래서 비행 아이템을 이용해서 공중에서 지켜보다가 상황이 위험해지니 나선 것이지요."

"참 대단한 친구네. 나이가 겨우 20대 후반인데 소드마스터라니. 아무리 천재라도 믿기가 힘드네."

나이 차이가 꽤 많은 1왕자는 이미 후계자로 국정을 운영하는 상황이라 일찌감치 기사 수업을 받아 온 2왕자는 나이가 마흔 가까이 됨에도 불구하고 이제 겨우 2급 기사다.

그런 2왕자에게 20대에 소드마스터라는 가온의 존재는 마냥 좋게만 볼 수 없었다.

"사실 그 부분에 대해서는 말이 좀 많습니다."

2왕자의 마음을 짐작하기로 하듯 귀족파의 거두인 머레이스 후작이 끼어들었다.

그도 다른 영주 귀족처럼 기사 아카데미 출신으로 몇 년 전까지는 마수 토벌을 직접 지휘했던 인물이었다.

"어떤 말입니까?"

"그의 스승인 나크 훈 남작은 은퇴할 때까지 2급 기사였습니다. 게다가 그가 온 훈 대장과 인연을 맺은 시간도 그리 많지 않고요. 듣기론 한두 달에 불과하다고 합니다. 그러니 저친구가 소드마스터일 가능성은 현저히 떨어집니다."

"소문이 과장되었다고 말씀하시고 싶은 겁니까?"

"나크 훈이라면 모르겠지만 다른 고문들이 모두 소드마스터라는 소문도 과장되었을 가능성이 아주 높습니다. 스파인 산맥 때문에 교류가 거의 없는 서쪽의 제국과 왕국 들 사정은 잘 모르겠지만 이곳 대륙 동남부에서 20대 후반에 소드마스터가 된 사례는 손가락으로 꼽을 정도에 불과합니다."

일리가 있는 말이었다. 2왕자는 머레이스 후작의 말을 본능적으로 받아들였다.

'그렇겠지.'

어릴 때부터 천재라고 불렸던 그조차 같은 나이에는 달성하지 못한 성취였기에 후작의 말이 더 합리적으로 느껴졌기 때문이다.

하지만 참관을 했던 메갈톤 백작은 순간적으로 붉어진 얼굴로 고개를 세차게 흔들었다.

"설마 후작 각하께서는 저를 포함한 참관인 전체가 거짓말을 했다고 생각하십니까?"

"그거야 백작이 얼마든지 잘못 볼 수 있지 않겠소? 검기 완숙자의 검사와 소드마스터의 오러 블레이드는 큰 차이가 없지 않소?"

그것도 맞는 말이다. 그래서 검기 완숙자 중 검사를 발현할 수 있으면 1급 기사로 분류하고 소드마스터라고 불러 주는 왕국들도 꽤 있었다.

"저도 명색이 검기 완숙자입니다."

"커흠! 뭐 그렇다고 백작의 보고에 대해서 문제 삼는 것은 아니오. 백작도 워베어 별동대를 주로 혼혈엘프족으로 추정되는 전사들이 처리했다고 하지 않았소. 온 클랜은 그중에서도 약한 놈들만 상대했을 가느…… 허업!"

머레이스 후작이 말을 하다 말고 숨을 들이켰다.

자연스럽게 그에게 집중하고 있던 사람들의 시선이 그의 커진 동공이 향하는 곳으로 이동했다.

"헉!"

"소드마스터 중급!"

하늘을 날아다니며 마나포로 워베어 보스를 상대하던 가온이 어느새 지상으로 내려왔는데, 그의 손에 들린 거대한 검에는 1미터에 육박하는 오색의 영롱한 오러 블레이드가 생성되어 있었다.

이로써 머레이스 후작의 생각과 주장은 쓰레기가 되어 버렸다.

후작은 일그러진 얼굴로 고개를 바닥으로 숙일 수밖에 없었다.

"미친!"

"설마 소드마스터가 되는 바람에 노화가 거의 진행되지 않은 건가?"

누군가의 말에 사람들은 자신도 모르게 고개를 거세게 끄덕였다.

'그래! 나이가 20대 후반이 아닌 거야! 그럴 리가 없지!'

원래 진정한 소드마스터 경지에 오르면 노화가 멈추는 것은 물론 경우에 따라서는 10년은 젊어질 정도로 회춘을 한다.

그러니 알려진 가온의 나이는 사실이 아닐 것이다.

20대에 소드마스터에 오른 사례도 거의 없는데 중급이라니 아예 말이 안 된다. 전설의 드래곤이 유희를 즐기고 있는 것이 아니라면 누군가의 말대로 노화가 멈춘 상태일 가능성이 아주 높았다.

"맞는 것 같습니다. 온 대장이 스스로 자신의 나이를 밝혔다는 소문은 못 들어 봤습니다."

그렇게 토벌군 수뇌부가 마음대로 가온에 대한 평가를 하면서 지켜보는 가운데 세 소드마스터는 워베어 보스와 다시 일전을 시작했다.

고작 한 명이 늘어난 것에 불과하지만 이전과는 상황이 완전히 달라졌다. 그만큼 소드마스터 중급의 경지는 대단한 것이었다.

무엇보다 워베어 보스의 몸이 아주 짧지만 경직되거나 중심을 잃고 비틀거리는 경우가 빈발하면서 인간 측의 공격이 연속해서 성공하고 있었다.

수뇌부 대부분은 검술을 익혔거나 마법사였기에 그 이유를 바로 알아차릴 수 있었다. 가온의 왼팔에 채워진 완드로 보이는 아이템이 빛을 발할 때마다 워베어 보스에게 불리한 상황이 벌어지고 있었다.

"정말 마검사였어!"

상대가 소드마스터 상급에 해당하는 워베어 보스였고, 가온이 발현하는 마법이 속박이나 그리스 혹은 슬로에 불과해서 순식간에 해제가 되었지만, 소드마스터 중급 정도면 그 정도만으로도 유리한 고지를 점할 수 있었다.

워베어 보스는 이전보다 더욱 흉포한 기세를 뿜어내면서 인간들을 공격했지만 놈의 몸에는 갈수록 상처가 늘어만 가고 있었다.

세 소드마스터의 합격은 시간이 갈수록 정교하게 이어졌고, 워베어 보스는 마음대로 풀리지 않는 공격과 상대의 마법에 더욱 흥분해서 동작이 커져만 갔다.

게다가 인간들은 두 명이 놈의 공격을 감당하는 사이에 한명이 잠시 전권을 벗어나 포션을 마시고 숨을 돌려 회복할수 있는 여유를 가질 수 있어서 지칠 대로 지친 워베어 보스와는 사정이 달랐다.

그리고 인간 측에는 중간에 합류해서 체력이며 마나가 빵빵한 가온이 있었다. 그는 날개 아이템이 없음에도 마치 새처럼 공중에서 몇 번이나 동작을 바꾸는 신기를 보이며 계속해서 워베어 보스에게 치명적인 상처를 만들어 내고 있었다.

가온이 워베어 보스의 공격 절반 이상을 감당했기에 다른두 소드마스터도 아까와 달리 자신들의 기량을 마음껏 펼칠수 있었다.

인간 세 명과 거대한 몸집의 워베어 보스 간의 싸움은 시간이 지나면 지날수록 인간 측의 우세로 기울고 있었다.

그렇게 10여 분이 흘렀다.

쿠어어어어!

워베어 보스는 가온에게 한쪽 발목이 잘린 순간부터 빠르게 무너지고 말았다.

상처가 워낙 많았기에 출혈량도 많았고 잘린 발목으로 인해서 몸의 균형이 맞지 않아서 인간들의 공격을 제대로 대처할 수가 없었기 때문이다.

결국 워베어 보스는 심장에 두 개의 검이 꽂힌 직후 목덜미를 향한 가온의 참격에 목이 잘리고 말았다.

"와아아아!"

"이겼다!"

"던전을 클리어했다!"

사방에서 대기를 뒤흔드는 함성이 터져 나왔다. 이미 다른 워베어들은 모두 정리가 끝나서 토벌군들은 모두 워베어 보스와 세 소드마스터의 싸움을 구경하고 있었다.

모두의 머릿속으로 던전 클리어를 알리는 안내음이 들렸다. 이제 던전을 나가는 일만 남았다.

툴람 왕국으로

　같은 시각, 토벌군은 던전 클리어에 난리법석이었지만 사냥을 하고 있던 온 클랜의 분위기는 달랐다.

　"에잇! 한창 재미있었는데. 일단 약속했던 장소로 가야겠네."

　사지는 물론 목이 잘린 트롤 사체에서 마정석을 적출하던 패터가 투덜거렸다.

　"그러게. 오우거는 무리겠지만 이젠 트롤 정도는 어렵지 않게 사냥할 수 있게 되어 재미있었는데, 좀 아쉽네."

　패터와 같은 팀을 이루어 트롤을 사냥하던 마론도 아쉬운 얼굴이었다.

　안내음은 모두에게 전해졌기에 시간이 좀 흐르자 사냥이

끝났다.

혹시 모를 상황에 대비해서 트롤 사냥을 하는 대원들을 살펴보고 있던 나크 훈과 제어컨을 제외하고 두 명이 한 조가 되어 하던 오우거 사냥도 끝났는지 얼마 후 고문들까지 미리 약속한 장소에 모였다.

"스승님, 계속 사냥을 할 예정인 거 맞습니까?"

혼자 트롤을 사냥하고 있었던 타람이 나크 훈에게 물었다.

"다들 잘했다! 이 정도면 어딜 가서라도 온 클랜이라는 이름에 먹칠을 할 것 같지는 않구나. 그리고 다들 들었겠지만 아까 대장이 말하길 던전이 클리어되더라도 며칠 동안은 사냥을 할 예정이라고 했으니, 대장이 복귀할 때까지 사냥을 계속해도 좋다."

나크 훈의 말이 끝나자 아직 사냥의 여운에서 벗어나지 못한 얼굴을 하고 있던 대원들이 안심했다.

일반 대원들의 경우 아무리 합공을 했다고 해도 워베어는 위험한 사냥감이었다. 제대로 합이 맞고 각자가 최선을 다해야만 사냥할 수 있는 힘겨운 목표였다.

처음에는 위험했던 순간들도 있었지만 소드마스터들이 그 틈을 메워 주고 마지막 일격을 감당했기에 사냥에 성공할 수 있었다.

본래 실전 경험이 중요한 것은 죽음의 위기를 맞이하면 상대에게 몰입한 상태에서 최고의 기량을 발휘하게 되며 그런

경험이 실력을 상승시키는 데 큰 역할을 하기 때문이라고들
한다.

하지만 온 클랜원들은 좀 달랐다.

죽음의 위기를 맞이해서가 아니라 동료들이 자신 때문에
위험하지 않도록 더욱 집중해서 자신의 기량을 최대한 발휘
한 것이다.

그 과정에서 던전을 클리어하고 보상으로 받은 스킬이나
갓상점에서 구입해서 익힌 스킬의 숙련도가 비약적으로 높
아졌다.

어쨌든 동기는 달랐지만 실력 상승으로 이어지는 과정은
동일했다.

그리고 그 결과는 트롤 사냥을 통해 나타났다. 의식하지
않아도 서로의 눈빛이나 몸동작을 통해서 자신이 어떤 행동
을 해야 할지 알 수 있었다.

동료가 위험해질 것 같으면 의식하지 못하는 상황에서도
자신의 기량을 최고 수준으로 끌어올려 발휘하게 되었고, 그
런 순간이 많으면 많을수록 더 높은 경지에 발을 내디딜 수
있게 되었다.

검기 완숙자 이상의 대원들은 좀 다른 경우였다. 그들은
대부분 혼자 혹은 두 명이 트롤이나 오우거를 사냥했다.

그동안의 사냥은 주로 마법사와 정령사 대원들 포함해서
팀을 이루어 했기 때문에 이렇게 단독으로 트롤을 상대하

는 건 생경했고 그만큼 위험한 순간이 많았다.

하지만 지켜보는 나크 훈과 제어컨은 목숨이 경각에 달린 경우가 아니면 끼어들지 않았다.

그래서 주위를 의식하지 못할 정도로 상대와의 싸움에 몰입하게 되었고, 시간이 흐르면서 온전한 자신의 기량을 펼칠 수 있게 되었다.

정도의 차이는 있었지만 온 클랜원 모두에게 아주 귀중한 경험을 획득할 수 있는 사냥이었다.

던전이 클리어된 지 사흘이 지났다.

드디어 온 클랜이 던전을 나왔는데 드베인 왕국 토벌군은 이미 던전을 빠져나간 상태라서 게이트 주변은 인적이 없었다.

만족할 만큼 트롤과 오우거를 사냥하고 이동 마법진을 통해 던전을 나온 온 클랜원들은 이번에도 희희낙락했다.

실전을 통한 실력 상승도 이루었거니와 원했던 것이든 아니든 높은 업적을 인정받아 만족스러운 보상을 수령한 것이다.

물론 가온도 마찬가지였다.

'이번에도 대박이네.'

의뢰를 받아서 수행한 것이기에 업적이 오롯이 자신에게 오는 것은 아니었지만, 보스를 처치하는 데 큰 역할을 해서 그런지 기대하지 않았던 보상을 수령했다.

'라티르 왕국의 5층 던전 클리어와 이번 보상으로 획득한 명예 포인트만 해도 200만이 넘어!'

다른 플레이어들과 달리 단순히 사냥을 통해서는 명예 포인트를 획득하지 못함에도 불구하고 연속해서 엄청난 명예 포인트를 얻었다.

다른 보상도 마음에 들었다. 자신이 원하던 특성과 스킬은 얻지 못했지만 '베어 학살자'와 '조류 학살자' 칭호를 얻었고 A등급부터 F등급까지의 스킬을 한 등급씩 진화시킬 수 있는 진화권을 두 세트나 얻었다.

그 밖에도 희귀 등급의 방어구 세트며 무기들을 얻었지만 이제 그런 것에는 큰 관심이 가지 않았다.

'남들은 배가 불렀다고 하겠지만…….'

비록 히든 랭커지만 다른 플레이어들과는 비교가 불가능할 정도로 월등한 레벨을 보유한 가온에게는 별반 중요하지 않은 아이템들이다.

'어떻게 하다 보니 5층짜리 던전에서 세 개 층에서 높은 업적을 세웠네.'

물론 그의 순수한 실력만으로 이룬 성과는 아니었다. 동료들의 활약도 있었고 무엇보다 정령들과 엘프들이 큰 역할을 해 주었다.

그나저나 좀 걱정이다.

이제 온 클랜의 활약은 아그레시아 왕국뿐 아니라 다른 왕국들에게도 널리 알려질 테니 말이다.

당연히 의뢰가 쏟아져 들어올 텐데 예상컨대 대부분 마수와 몬스터 토벌과 관련된 것들일 것이다.

'당분간은 던전만 공략하고 싶은데……'

물론 아무 던전이나 들어갈 생각은 없다. 가급적이면 그에게 도움이 되는 등급의 던전을 공략하고 싶었다.

의뢰야 거절하면 되지만 그건 자신이 대장이라고 해서 독단으로 결정할 수가 없었다. 대원들이 간절하게 원하는 의뢰라면 마땅히 맡아야만 했다.

게다가 스승인 나크 훈부터 대원 대다수가 신이 인정한 기회의 땅인 새로운 차원으로 건너가고 싶어 하는 상황이기에 그 부분도 신경이 쓰인다.

이미 차원이동의 징표를 모두 획득한 상태이고 새로운 차원에 대한 관심이 커진 상황이라서 다들 비슷한 생각을 하고 있을 터인데, 정작 자신은 별로 내키지가 않았다.

가온은 좀 더 탄 차원에 머무르면서 보다 많은 던전을 공략하고 싶었다.

자신이 부족하거나 레벨을 더 올리고 싶다는 마음이 없는 것은 아니지만, 그것이 탄 차원에서 고통받고 있는 사람들을 근원적으로 구하는 방법이라고 생각하고 있기 때문이다.

'차라리 당분간 혼자 움직일까?'

예지몽을 꾼 후 처음 어나더 문두스를 시작할 때만 해도 그는 솔로 플레이를 지향했다. 그래서 올라운더 특성이 나왔을 때 그렇게 좋아했던 것이다.

그럴 만한 이유가 있었다. 예지몽 때문이었다.

예지몽은 단어 이름이 알려 주듯 어디까지나 꿈에 불과했지만 가온은 마치 해당 시간을 살았다가 회귀를 한 것처럼 많은 것을 생생하게 기억한 상태로 잠에서 깼다.

아무리 사회 경험이 없다지만 너무 호구처럼 이용을 당하고 결국 믿었던 친구에게 사기를 당했다.

그리고 그 사기로 인해서 자신은 감당할 수도 없는 채무를 지고 책임감도 없이 현실에서 도망을 쳤고, 결국 그건 부모님이 해결을 해 주었지만 두 분은 이혼을 하고 말았다.

그래서 인간에 대한 불신이 생겼다. 그 때문에 삶이나 타인을 대하는 자세도 상당히 바뀌었다.

이전과 달리 자신의 것을 챙기려고 노력했고 타인에 대해서는 의심부터 하고 봤다.

하지만 우연한 기회에 헤븐힐 일행을 시작으로 동료들이 생기면서 인간에 대한 불신감은 눈에 띄게 줄어들었다.

그렇게 동료들이 자연스럽게 늘어났고 그들과 이런저런 일을 겪으면서 팀을 이루어 활동하는 것에 대한 즐거움을 알아 버렸다.

예지몽을 적극 활용해서 남들은 상상도 하지 못할 정도로 빠르게 레벨업을 하고 성장을 해 왔지만 동료들이 아니었다면 성격적으로 큰 문제가 생겼을 것이 틀림없었다.

'분명 냉소적이면서 타인에 대한 불신감이 가득한 성격으로 굳어졌겠지.'

그래서 더욱 헤븐힐 일행을 포함한 온 클랜원들에게 정을 주고 있는지도 몰랐다. 그들은 자신에게 과하게 많은 것을 받았다고 생각할지 모르겠지만 가온은 그들 덕분에 더 큰 것을 얻었다고 생각했다.

그런데 어느 순간부터 동료라는 존재가 앞길을 결정하는 데 큰 장해물이 되고 있었다.

그가 독단적인 성격도 아니고 나름 동료들을 많이 배려하기 때문에 발생하는 문제였다.

'일단 시간이 있으니 좀 더 진지하게 고민을 해 보자.'

정령들이 있기에 정서적인 부분을 빼면 동료의 중요성은 크게 낮아졌다.

던전에서 1시간 거리에 있는 셀레스 시티에 도착한 온 클랜은 앞서 이용했던 바람의 마탑 지부로 향했다. 왕실에서 중개한 의뢰이니 대금을 떼일 염려가 없어 드베인 왕실 측 사람을 굳이 기다릴 필요가 없었다.

그런데 그를 기다리고 있는 사람들이 있었다.

"서머셋 경!"

"덕분에 던전을 클리어할 수 있었다는 소식을 접했습니다. 고생하셨습니다!"

드베인 왕국 근위기사단의 부단장이며 백작이기도 한 서머셋은 처음 만났을 때도 정중하고 예의가 발랐지만 지금은 마치 상관을 대하는 것처럼 경의가 느껴지는 태도로 인사를 해 왔다.

"아닙니다. 의뢰를 받았으니 당연히 해야 할 일이었습니다. 그런데 이분들은?"

서머셋의 뒤쪽으로는 수십 명의 기사와 행정관에 둘러싸인 사람이 있었는데, 옷차림이나 풍기는 분위기로 보아 무척 고귀한 신분인 것 같았다.

"아! 본국의 내무대신이신 아페론 후작이십니다."

수행원의 규모로 봐서는 단승 귀족이 아니라 계승 귀족에 영지를 가지고 있는 진짜 귀족으로 보였다.

"그리고 사적으로는 1왕자 전하의 장인이시기도 합니다."

서머셋이 소리를 낮추어 추가로 설명을 했다.

내무대신에 노쇠한 국왕을 대신해서 벌써부터 국정을 돌보고 있다는 1왕자의 장인이니 드베인 왕국의 실세라고 봐도

무방한 인사였다.

"후작 각하를 뵙게 되어 영광입니다. 온 클랜의 클랜장인 온 훈이라고 합니다."

가온은 귀족의 예법을 알지 못하기에 기사의 예로 인사를 했다.

"자네가 바로 온 훈이군. 만나서 반갑네."

아페론은 가온이 기사 식으로 인사를 하는 것이 마음이 들지 않았는지 굳은 얼굴로 차갑게 말했다.

"토벌군 측으로부터 의뢰를 성공적으로 수행했다는 말을 들었네. 이것이 보상이니 확인해 보게."

의뢰에 대한 보상을 지급하러 왔던 모양이다.

'이런 일에 굳이 내무대신이 직접 행차할 이유는 없을 텐데 좀 이상한걸.'

내심 그런 생각을 했지만 표는 내지 않고 그가 준 아공간 주머니를 확인해 봤다.

의뢰금은 굳이 일일이 확인할 필요가 없었다. 감히 왕실이 직접 주재하는 의뢰인데 대금을 횡령할 간 큰 도적은 없을 테니까.

고대 유물만 확인하면 된다.

가온이 꺼낸 물건은 목걸이였는데 펜던트가 아주 특이했다. 장축이 팔뚝 길이에 단축은 그 절반 정도인 타원형의 둥근 알처럼 보였다.

가온은 줄은 평범한 금 사슬임을 확인하고 펜던트를 살폈다.

'금속인가?'

그건 아닌 것 같았다. 손가락 끝에 마나를 주입해서 튕겨 보았는데, 둔탁한 소리만 날 뿐 금속성은 나지 않았다.

'이게 대체 뭐지?'

의뢰에 대한 보상으로 걸 정도면 꽤나 유용한 아이템일 것 같은데 형태도 그렇고 너무 이상했다.

결국 가온의 눈은 자연스럽게 아페론 후작에게 향했다.

가온의 표정을 본 아페론 후작은 내심 만족스러웠지만 무표정을 유지한 채 입을 열었다.

"우리는 그 아이템을 마나 보고라고 부르네."

'운이 좋아 의뢰를 성공시킨 용병 따위에게 줄 상급 유물은 없다.'

아무리 어려운 의뢰를 완수했다고 해도 귀중한 왕실의 보물 중 진귀한 것을 보상으로 줄 수는 없다. 그건 급여만 받으면서 평생 피땀을 흘려 왕실에 충성해 온 수많은 근위 기사들에 대한 예의가 아니다.

그런 마음으로 고른 유물이 바로 마나 보고였다.

"마나 보고요?"

"그 위에 손바닥을 대고만 있으면 소모한 마나가 회복되는 아이템이네."

"네?"

이해가 가질 않았다. 설명이 맞는다면 이런 의뢰에 대한 보상으로 내놓을 아이템이 아니다.

아페론 후작은 가온이 무슨 생각을 하는지 아는 것처럼 설명을 추가했다.

"마나 연공을 하지 않고도 소모한 마나를 회복시켜 주기는 하지만 한계가 있네. 소모된 마나가 충전되는 시간이 꽤 많이 걸리네. 2급 기사를 기준으로 대략 하루 정도 걸린다는 결과를 확인했네."

'계륵이네.'

설명을 들어 보니 분명이 진귀한 아이템인 것은 확실했다. 마나 연공을 할 수 없는 상황에서도 쥐고 있는 것만으로 마나를 회복할 수 있으니 말이다.

하지만 마나가 충전되는 시간이 너무 오래 걸리는 단점이 너무 극명했다.

보통 마나 포션을 복용한 후에 마나 연공을 하면 소모한 마나를 대략 두세 시간 만에 회복할 수 있으니 누가 이런 아이템을 사용한단 말인가.

가온은 속았다는 생각에 화가 났지만 쉽게 가라앉혔다.

'어차피 크게 기대한 것도 아니잖아.'

고대 유물보다는 변종 워베어의 사체와 마정석이 더 중요했다. 마정석들은 대부분 중상급 이상이었고, 사체의 경

예지몽으로
히든랭커

우 시험 삼아서 갓상점에 올려 봤는데 675명예 포인트나 주었다.

가온은 서머셋의 귀엣말대로 아페론 후작에게 대금의 수령을 확인하는 형식적인 절차를 거쳐야만 했다.

"온 클랜의 클랜장 온 훈은 본 클랜원들과 의뢰를 한 드베인 왕국 측 대표인 아페론 후작 각하의 앞에서 의뢰에 따른 대금을 포함한 보상을 정확하게 수령했음을 인정하는 바입니다."

애초 왕실에서 중개했던 의뢰였기에 따로 계약서가 없어서 이런 식으로 처리를 하는 것이다.

물론 원한다면 수령증을 작성해서 줄 수도 있지만 그럴 필요까지는 없었다.

대금도 받았으니 이제 인사를 하고 아그레시아로 돌아가기만 하면 된다.

그런데 아페론 후작은 아직 용건이 남아 있었다.

"한 가지 제의할 것이 있네."

"말씀하십시오."

"본국에서는 앞으로 대대적인 마수 및 몬스터 토벌을 계획하고 있네. 왕국군에 준하는 보급과 지원은 물론 보상을 통상적인 수준보다 훨씬 높여 줄 테니 우리 왕국에서 활동하는 것이 어떤가?"

오크가 영주성을 침탈하는 사태가 벌어지는 바람에 잠시

영지에 머물렀다가 오늘 급한 연락을 받고 수도로 올라온 아페론 후작은 1왕자로부터 한 가지 명령을 받았다.

던전과 관련된 의뢰를 성공리에 완수한 온 클랜에 잔금 100만 골드와 함께 왕실이 보관하고 있는 유물 중 하나를 골라서 보상으로 전해 주고 어떤 조건을 걸어서라도 꼭 왕국에 잔류시키라는 내용이었다.

후작도 수도에 올라온 직후 집무실에 들렀다가 짧게나마 내무부 행정관들로부터 던전 공략에 대한 얘기를 들으면서 온 클랜에 대한 소문을 들었다.

'하지만 소문은 과장되기 마련이지.'

자신도 검기 실력자일 정도로 수련에 매진해 온 후작은 소문을 전혀 믿지 않았다.

용병단도 아니고 일개 용병 클랜에 소드마스터가 일곱 명이나 된다는 것은 말도 안 된다.

그래도 실력이 있으니 의뢰를 완수했을 테지만 굳이 1왕자가 말한 것처럼 차원이 다른 지원을 약속하면서까지 온 클랜을 드베인 왕국에서 특별대우를 해 줄 필요가 없다고 생각하고 그렇게 제의했다.

'용병이니 이 정도 조건이면 좋다고 받아들이겠지.'

그렇게 자신하는 이유가 있었다.

국가에서도 용병을 고용하는 일이 있기는 하지만 보급이나 지원은 전혀 없는 것이 상례다.

온 클랜에 기사 출신에 소드마스터들까지 있다는 얘기는 들었지만 그래 봐야 아무런 투기도 발산하지 못하는, 게다가 채 서른도 안 되는 풋내기가 대장인 용병 단체, 그것도 클랜에 불과했다.

게다가 개인적으로 온 클랜이 마음에 들지 않았다.

사위인 1왕자가 왕위를 물려받을 것이 확실하지만 그래도 던전 토벌군 사령관인 2왕자는 손에 박힌 가시처럼 신경이 쓰였다.

온 클랜은 그런 2왕자가 업적을 세우는 데 큰 공헌을 했기에 불편했다.

물론 그래도 일국의 내무대신이며 1왕자의 당부가 있기에 노골적으로 명령을 거부할 수 없었다. 그래서 나름 자신의 한도에서 용병치고는 좋은 조건을 내건 것이다.

그런데 대답이 너무 뜻밖이었다.

"제의는 감사하지만 나중에 고민해 보겠습니다."

"호오. 당장 할 일이라도 있는 건가?"

아페론 후작은 마치 한번 튕겨 보는 것 같은 가온의 대답에 얼굴이 굳었다.

"툴람 왕국의 의뢰가 남아 있습니다."

"던전 2층 말인가?"

"그렇습니다."

드베인 왕국에서 의뢰를 한 것도 이상한데 툴람 왕국까지 의뢰를 했다니, 이해가 가질 않았던 아페인 후작이 고개를 돌렸다가 서머셋 백작을 보았다.

그는 후작이 자신을 쳐다보는 것을 설명을 요구하는 것으로 이해를 했는지 짧게 상황을 설명했다.

"온 클랜은 던전 1층에서 클리어에 핵심적인 역할을 한 세 건의 의뢰를 완수하고, 던전이 클리어된 후 나와서 곧바로 이곳으로 이동해서 본국의 의뢰를 수행하는 동시에, 3층의 라티르 왕국의 의뢰를 완수했습니다. 이로써 정보 던전의 세 개 층은 클리어되었고, 남은 건 툴람 왕국 2층과 오트 왕국의 4층만 남았습니다."

서머셋 백작의 설명을 들은 아페론 후작은 이제야 1왕자가 왜 어떤 조건을 걸어서라도 온 클랜을 드베인 왕국에 묶어 두라고 했는지 이해했다.

'이런 젠장! 너무 쉽게 생각했구나!'

그 역시 노회한 정치인이었기에 상황을 금방 파악할 수 있었다.

온 클랜에 대한 행정관들의 얘기를 좀 더 귀담아들었어야만 했다. 아니, 1왕자가 신신당부하는 것에 주의를 기울였어야만 했다.

온 클랜은 그가 생각하고 있던 보통의 용병 단체가 아니었다. 이미 세 개나 되는 왕국이 직접 의뢰한 임무를 완수한 업적을 세운 것이다.

그렇다는 것은 소드마스터만 무려 일곱 명이나 된다는 내용도, 대장이 용병이 아니라 자유 기사 혹은 유랑 기사라는 내용도, 온 클랜이 실은 움직이는 검술관과 다름없다는 내용도 모두 사실이라는 것을 의미했다.

즉, 자신이 고압적으로 대할 수 있는 상대가 아니며 특히 다른 용병들보다 좀 더 나은 수준의 특혜를 주는 정도로는 절대로 1왕자의 바람을 이룰 수 없다는 사실을 의미했다.

"그럼 저희는 툴람 왕국 측이 기다리고 있어서 그만 떠나 겠습니다."

"아, 아니, 잠깐만."

"무슨 일이신지요?"

가온이 귀찮다는 표정을 숨기지 않고 물었지만 이제 아페론 후작은 그것을 문제 삼을 수가 없었다.

"1왕자 전하께서 간곡하게 온 클랜을 청하셨다."

그 정도가 지금 상황에서 후작이 할 수 있는 최선의 말이었다.

"의뢰가 끝나면 참고하겠습니다."

뭔가 대화를 이어 갈 여지가 있으면 어떻게든 1왕자가 당부한 대로 설득을 해 볼 생각이었지만, 너무 일찍, 그것도 상대가 전혀 혹하지 않을 나쁜 패를 던져 버린 아페론 후작은 가온의 무심한 대답에 기운이 빠졌다.

"그럼."

온 클랜원들은 후작에게 공손하게 인사를 하고는 차례로 가온을 따라 마탑 안으로 들어갔다.

　그런 가온과 온 클랜원들을 바라보는 아페론 후작과 기사 그리고 행정관들의 얼굴은 무척이나 허탈했다.

〈※※〉

　정보 던전의 게이트와 인접한 추드론 시티.

　거대한 호숫가에 위치한 추드론 시티는 어업과 수로를 통한 물류 유통의 중심지로 번성했지만, 지금은 거의 비어 있었다. 곧 던전 브레이크가 임박했다는 소문이 널리 퍼졌기 때문이다.

　다른 마탑들처럼 텔레포트 마법진이 설치된 바람의 마탑 지부 안.

　"정말 그들에게 현재 우리가 당면한 어려운 상황을 극복할 능력이 있을까요?"

　눈 부분만 간신히 드러낸 면사를 쓴 화려한 복장의 여인이 흰 수염이 가득한 건장한 체격의 노기사를 향해 물었다.

　두 사람 주위에는 가죽 방어구를 착용하고 있는 기사 삼십여 명이 둘러싸고 있었다.

　"그들은 이미 세 던전에서 클리어에 핵심적인 역할을 수행했습니다. 그 과정에서 소드마스터가 무려 일곱 명이나 된다는 사실도 확인이 되었을 뿐 아니라 조인족이나 대형 엘프족과도 깊은 인연이 있다는 것도 알려졌습니다."

"하지만 그들이 그동안 수행한 의뢰와 우리 쪽의 의뢰는 내용이 다르잖아요."

"그렇긴 합니다만 온 클랜은 순수한 무력으로만 의뢰를 완수한 것이 아닙니다. 누가 전설에나 등장하는 조인족을 고용할 줄 알았겠습니까? 2급 기사 이상의 실력을 가진 엘프 전사 300여 명도 마찬가지고요."

"그들이 정말 우리 의뢰를 맡아 주었으면 좋겠지만 첫 만남부터 좀 어긋나서 많이 불안하네요."

1왕녀는 의뢰를 대리한 용병길드의 처사가 마음에 걸렸다.

"용병길드의 잘못은 아닙니다. 정보길드에서 잘못된 정보를 주는 바람에 실수를 한 것이지요. 안 그래도 그 건으로 인해서 아그레시아 왕국 정보길드의 위상이 크게 흔들리고 있다고 들었습니다."

"정말 두 왕국의 의뢰를 완수한 후에 이곳으로 오겠다는 약속을 받았나요?"

"믿으십시오, 마마. 비록 저처럼 오스랄 공작가의 방계이기는 하지만 용병길드 총본부 재무부장인 루델은 믿을 만한 인물입니다."

툴람 왕국이 아그레시아 왕실을 통하지 않고 용병길드에

의뢰 절차를 맡긴 이유가 바로 용병길드 총본부의 수뇌부인 루델 때문이었다.

"제가 어찌 노튼 백작의 말을 믿지 않겠어요. 불안해서 그러지요."

"본가에서 따로 조사를 했는데 온 클랜은 비록 기사도를 신봉하는 것은 아니지만 그렇다고 돈만 밝히는 자들도 아닙니다. 불가능에 가까운 의뢰를 맡아서 수행하는 목적도 실전 능력을 향상시키기 위함일 것으로 사료되니 꼭 올 겁니다."

노튼 백작도 사실 불안했지만 이렇게 말할 수밖에 없었다.

'와이번과 수생 마수의 공격을 감당하면서 습지의 독충들을 해치울 수 있는 능력을 가진 단체는 온 클랜밖에 없어.'

왕국의 정예는 모두 던전에 들어가 있는 상황이고 다른 왕국들도 사정이 비슷했다.

물론 아그레시아를 비롯한 세 왕국은 시간 차를 두고 던전을 클리어했지만, 그사이에 창궐한 마수와 몬스터 무리를 토벌해야 하는 상황이라서 툴람 왕국까지 도와줄 여력은 없었다.

마탑과 신전 세력이 대거 가세한 던전 4층의 오트 왕국은 자신들처럼 아직 던전을 클리어하지 못한 상태다.

당연히 규모가 있고 실력이 뛰어난 용병 단체들도 툴람 왕국까지 원정을 오려고 하지 않을 것이다.

큰돈을 제시해서 의뢰를 체결한다고 해도 해당 왕국에서 이동을 막을 것이 당연했다.

그렇다고 마탑이나 신전의 힘을 빌릴 수도 없다.

본래 산악 부족의 전사였던 툴람 드 마르둑이 건국한 툴람 왕국은 주술사를 신봉하는 전통이 오랫동안 내려왔기 때문에 마탑이나 신전의 영향력이 타국에 비해 현저히 낮았다.

일례로 다른 네 왕국에는 존재하는 왕실 마탑이 없으며 대주술사가 비슷한 역할을 수행하는데, 대대로 왕족 중 한 명은 주술사가 되는 전통이 있기 때문에 마법사와 달리 국정에도 깊이 관여할 정도로 위상이 아주 높다.

툴람 왕국이 다른 네 왕국과 다른 문화를 가진 이유가 있었다.

높고 험준한 산과 호수 그리고 크고 작은 강들이 국토의 8할 이상을 차지하기 때문에 지역 간 교류가 원활하지 않았고, 심지어 다른 네 국가와의 국경도 인간이 쉽게 이동할 수 없는 지형이라 고립이 된 것이다.

그래서 툴람 왕국은 타국과의 교류도 적었고, 그 결과 아그레시아 왕실 쪽에 도움을 요청하기도 힘들었다.

그나마 건국 공신 가문인 오스랄 공작가의 방계로 용병 총본부의 최고위직이 된 루델이라는 인맥에 있어 용병길드를 이용하는 것뿐이었다.

첫 만남에서는 정보길드의 잘못된 정보로 인해서 실례를 범했지만, 다행히 아그레시아 용병길드 길드장의 진심 어린 사과와 간청으로 인해 기회를 얻을 수 있었다.

거기에 다행스럽게도 온 클랜은 대부분의 사람들이 불가 능하다고 여겼던 앞선 두 의뢰를 조인족과 혼혈 엘프를 고용 해서 완수했다.

그리고 드디어 이곳에 있는 바람의 마탑 지부로부터 온 클 랜이 텔레포트의 허가를 신청했다는 연락을 받았다.

동생인 젊은 국왕이 직접 토벌군을 이끌고 던전에 들어가 있는 상황이라 대리로 국정을 맡고 있는 투하란 1왕녀는 사 안의 중요성을 감안해서 온 클랜을 직접 맞이하기 위해서 이 곳까지 나온 것이다.

그렇게 두런두런 얘기를 나누던 두 사람의 시선이 거의 동 시에 텔레포트 마법진이 설치되어 있는 방 쪽으로 향했다.

"설마?"

"맞을 겁니다!"

기대감으로 가득한 얼굴로 시선을 교환한 두 사람은 마법 진이 활성화되었다는 증거인 마력의 유동을 확실히 느꼈다.

───※───

한 번에 스무 명이 한계이기 때문에 먼저 이동한 온 클랜원들은 다음에 넘어올 대원들을 기다리며 마법진 주위에 앉거나 서서 텔레포트의 후유증을 가라앉히고 있었다.

"습지 던전이라니. 아무리 생각해도 어떻게 공략을 해야 할지 감이 안 잡히네."

"나도. 몸집이 큰 마수나 몬스터와 싸우는 것이 낫지 습지에 들끓는 흡혈충과 독충을 처리하라니, 진짜 싫어!"

혼자 가 보겠다는 가온의 고집에 어쩔 수 없이 이곳까지 함께 오긴 했지만, 대원들은 난감하기만 했다.

나름 머리를 굴려 보았지만 도무지 의뢰를 해결할 방안이 떠오르지 않았다.

특히 여자 대원들은 거머리, 파리, 모기와 같은 벌레만 생각해도 두드러기가 날 것 같은 얼굴이었다. 그냥 벌레도 싫은데 흡혈을 하거나 독을 가졌다니 자신도 모르게 진저리를 치게 된다.

하지만 그런 분위기도 잠시였다.

"됐다. 대장에게도 생각이 있으니 일단 살펴보겠다고 했겠지."

나크 훈의 묵직한 말에 대원들은 입을 닫았다.

만약 가온이 먼저 들어가서 확인을 해 보고 불가능하다고 판단하면 던전엔 들어갈 필요가 없으니 미리 흥분할 필요가 없었다.

그런데 텔레포트 마법진을 관리하는 마법사가 조심스럽게

나크 훈에게 다가갔다.

"혹시 온 클랜입니까?"

"그렇소만."

"만나 뵈어서 반갑습니다! 저는 바람의 마탑 마법사인 이투엘이라고 합니다."

화려한 복색으로 보아 이곳 추드론 시티의 마탑 지부장인 모양이다.

"나 역시 반갑소. 그런데 마법진 가동에 무슨 문제라도 있소?"

"아닙니다. 귀하신 분이 밖에서 기다리고 있다는 말을 전해 드리려고 합니다."

"귀하신 분?"

"현재 토벌군을 이끌고 던전에 들어가신 국왕 전하를 대신해서 국정을 책임지고 있는 1왕녀 전하께서 근위기사단 단장이신 노튼 백작과 함께 여러분을 맞이하기 위해서 기다리고 있습니다."

"아! 그렇군."

나크 훈을 포함한 선발대는 후유증이 거의 없음에도 바로 밖으로 나가지 않았던 것을 다행으로 여겼다. 그런 높은 사람들과 만나는 일은 그들에게는 불편하고 어려운 일이었기 때문이다.

그때 마법진이 다시 활성화되기 시작했다. 그리고 얼마 후

텅 비어 있던 마법진 안에 후발대가 나타났다.

나크 훈은 곧바로 가온에게 손님들이 기다린다는 사실을 전했고, 텔레포트 마법진 밖에 서 있는 마법사는 가온을 알아보고 뜨거운 눈으로 뚫어질 듯 쳐다보았다.

그 시선을 의식한 가온은 마법사에게 시선을 돌렸다.

"온 클랜의 온 훈입니다. 덕분에 안전하게 이동할 수 있었습니다."

"아, 아닙니다! 당연히 해야 할 일이었습니다."

"혹시 손님 이야기 말고 따로 할 말이라도 있습니까?"

표정이 그랬다.

"사실은 마탑주께서 통신을 하고 싶어 하십니다."

"바람의 마탑주께서 말입니까?"

"네."

레드, 블루 등 컬러를 이름으로 쓰는 마탑들과 달리 불, 물, 바람, 대지 등 원소의 이름을 사용하는 마탑은, 규모도 훨씬 크고 오랜 역사를 가지고 있어서 영향력은 물론 마법 전력도 굉장히 높은 편이다.

"혹시 무슨 용건인지 알 수 있습니까?"

"의뢰를 맡기고 싶다고 하셨습니다."

그렇다면 지정 의뢰라는 것인데 바람의 마탑이 가진 위상이나 역량을 고려하면 과연 그럴 일이 있을까 싶었다.

'혹시 새로운 차원과 관련이 있는 의뢰일까?'

그게 아니라면 어떤 면에서는 일국의 국왕보다 더 큰 영향력을 가지고 있는 마탑주가 직접 의뢰를 하려고 할 것 같지가 않았다.

가온은 급격히 흥미가 돋았지만 상황이 별로 좋지 않았다.

"그런데 밖에 귀한 손님들이 기다리고 있다고 들었는데……"

"시간은 큰 상관이 없습니다."

"그럼 일단 손님들부터 만난 후에 마탑주와 통신을 하도록 하지요."

용건이 뭔지는 몰라도 마탑주와 통신을 하는 것은 별로 문제 될 것이 없었다.

가온 일행은 1왕녀와 백작에게 기사의 예로 인사를 했다.

"잘 오셨어요. 툴람 왕국에 오신 것을 환영합니다. 본녀는 툴람 왕국의 1왕녀인 투하란 드 마르둑이에요."

비록 얼굴을 면사로 가리고 있었지만 온 클랜을 존중하는 태도와 옥이 굴러가는 것 같은 목소리를 들은 사람들은 깊은 호감을 느낄 수 있었다.

곁에 있는 노튼 백작이나 수행한 기사들의 태도도 용병을 대하는 것이 아니라 귀한 손님을 맞이하는 것 같아서 온 클랜원들은 툴람 왕국에 좋은 인상을 받을 수 있었다.

"의뢰를 아직 수락하지 않았다고 들었어요."

"그렇습니다. 내용을 듣긴 했는데 과연 우리 클랜의 역량으로 완수할 수 있을지 자신할 수 없기에 라티르 왕국의 의뢰와 마찬가지로 일단 던전에 들어가서 상황을 파악한 후에 결정하기로 했습니다."

가온은 두꺼운 천으로 얼굴을 가리고 있는 1왕녀의 얼굴이 궁금해서 심안 스킬을 발동하고 싶은 충동을 억제하며 대답했다.

"듣기만 해도 믿음이 가는 대답이군요. 그런데 본국의 사정이 많이 급해요. 던전 브레이크까지는 시간 여유가 좀 있지만, 더 이상 마수와 몬스터를 방치했다가는 나라의 근간인 사람이 모두 죽을 상황이에요. 그렇다고 이제 겨우 던전의 보스가 서식하는 지역까지 진출한 상황이라 토벌을 멈출 수도 없어요. 그렇게 되면 마수와 몬스터는 어느 정도 토벌할 수 있을 테지만, 결국 던전 브레이크로 인해서 나라가 망할 테니까요."

1왕녀의 말을 들으니 어떤 상황인지 대강은 알 것 같았다.

'확실히 토벌군 입장에서 보면 골치 아픈 상황이군.'

첩보 던전의 2층은 호수와 습지대가 많은 환경으로 보스는 변종 나가라고 들었다.

문제는 변종 나가들의 서식지까지 가려면 많은 호수와 강

그리고 습지를 지나야 한다는 점이다.

그러려면 배를 이용해야 하는데 보급도 어렵고 워낙 인원이 많아서 이동에 많은 시간이 걸린다.

거기에 이 던전에는 리자드맨과 같은 몬스터부터 시작해서 와이번까지 다양한 마수가 서식한다.

그뿐이 아니다.

물속에는 사람 하나는 가볍게 삼킬 수 있는 악어류와 육식물고기가 서식하며 습지대에는 흡혈 거머리부터 시작해서 흡혈충과 독충들은 물론, 살을 갉아먹는 미세한 벌레까지 서식한다고 했다.

"겨우 보스가 서식하는 곳 가까이 도착했는데 그 과정에서 벌써 8천에 달하는 토벌군이 죽거나 다쳤네. 이제 와이번이 수시로 출몰하고 헤아릴 수 없는 독충들이 들끓는 습지만 남겨 두었는데, 더 이상 피해를 입으면 보스를 제대로 공략할 수 없는 상황이네."

곁에 있던 노튼 백작이 추가로 상황을 설명했다.

'예지몽에서는 분명 이 점보 던전은 클리어되었다.'

그 점을 고려하면 툴람 왕국의 토벌군은 다른 4개국 토벌군과 마찬가지로 무리를 해서 습지를 건넜고, 보스를 공략해서 죽였을 것이 틀림없다.

'당연히 엄청난 피해를 입었겠지.'

그래서 플레이어들의 활동을 전혀 제어하지 못했을 것이

다. 다른 네 개의 왕국처럼 툴람 왕국 역시 최정예들이 대부분 던전에서 사라졌을 테니 말이다.

"사정은 확실하게 인지했습니다. 그래도 의뢰를 지금 받아들일 수는 없습니다. 우리 온 클랜을 위해서도, 의뢰하는 측을 위해서도 충분한 조사를 통해서 충분한 확신이 생기지 않으면 의뢰를 맡을 수 없습니다."

"그렇게까지 말한다면 더 이상 강요하지는 않겠어요. 대신 가능하다고 판단된다면 최선을 다해 줄 수 있죠?"

가온을 설득하러 온 것이 분명한 1왕녀는 생각보다 질척거리지 않고 쿨하게 그의 의견을 받아들였다.

"수많은 사람들의 목숨이 걸린 일입니다. 당연히 최선을 다할 겁니다."

크지는 않지만 단단한 의지가 느껴지는 대답에 1왕녀와 노튼 백작은 걱정과 불안이 어느 정도 가시는 것 같았다.

대답을 들은 1왕녀는 수행원으로부터 아공간 주머니 하나를 받아서 가온에게 내밀었다.

"선물을 준비했어요."

선금이 아닌 선물이라니.

"세 번 연속 던전에서 고생하고 제대로 쉬지도 못한 온 클랜을 부른 것에 대한 미안함과 잘 부탁한다는 마음을 담은 선물이니, 부담 가지지 말고 받아요. 설사 의뢰를 거절한다고 해도 돌려받지 않을 테니까요."

그렇다면 거절할 필요가 없었다.

아공간 주머니를 받아든 가온은 그 자리에서 바로 내용물을 꺼냈다.

"이건?"

안에 들어 있는 것은 손안에 딱 들어올 크기의 제법 큰 구슬이었다.

"저장의 구슬이라고 하는 고대 유물이네. 마력이나 마나를 저장해 두었다가 급할 때 다시 흡수하는 방식으로 사용할 수 있지."

내용은 노튼 백작이 1왕녀 대신 설명해 주었다.

"주입했던 마력이나 마나 그대로 말입니까?"

공교롭게도 드베인 왕국에서 보상으로 받은 마나 보고라는 펜던트와 유사한 유물이었다.

가온은 이 구슬이 에너지의 종류를 가리지 않는다는 점이 흥미로워 확인을 해 보았다.

"그렇다네. 속성조차 변하지 않지. 그래서 마법사도, 기사도 사용할 수 있지. 저장했던 마력이나 마나는 의지만으로 아주 짧은 시간에 흡수할 수 있어 굉장히 유용하게 사용할 수 있네. 다만 흡수할 수 있는 마력이나 마나는 자신이 주입한 양에 한정되네."

한계는 명확했지만 노튼 백작의 말대로 잘만 사용하면 마력이나 마나를 본래의 능력보다 더 오래 발휘할 수 있었다.

"설명하신 그대로 대단한 보물입니다. 이런 보물을 선물로 받아도 될지 모르겠군요."

가온은 겸양하는 태도를 견지했지만 구슬을 내놓지는 않았다.

'이 저장의 구슬이 이번 의뢰를 수행하는 데 결정적인 역할을 할 수 있겠어.'

참으로 공교로운 일이다.

자신의 생각대로라면 이번 의뢰는 충분히 완수할 수 있으며 많은 인원이 필요하지도 않다.

"그런데 조사를 하는 데 얼마나 걸릴까요?"

"조사는 필요하지 않을 것 같습니다."

가온의 대답에 물었던 1왕녀는 물론이고 다른 모든 사람들의 눈이 커졌다. 전혀 예상치 못한 대답이었던 것이다.

"그게 무슨?"

1왕녀는 기쁘면서도 급변한 상황을 이해할 수 없었다.

"이 선물로 인해서 제가 구상하던 계획이 완성되었기 때문입니다."

"저장의 구슬 말인가요?"

"그렇습니다. 불가능에 가까운 이번 의뢰를 완수하는 데 몇 가지가 필요했는데, 이 구슬이 가진 기능이 그중 가장 중요한 것을 대체할 수 있습니다."

"아!"

1왕녀는 아직도 가온의 말을 전부 이해하진 못했지만 어쨌거나 자신이 보물 수장고에서 고심 끝에 골라서 가지고 온 저장의 구슬 덕분에 온 클랜이 의뢰를 수락하자 너무 기뻤다.

　동생이자 국왕이 덜커덕 던전에 들어가서 오래도록 나오지 않아서 너무 불안한 상황인데 자신이 고른 선물이 던전 클리어에 큰 역할을 하게 된 것이다.

　"그, 그럼 당장 선금을 지급하도록 하지."

　상황을 지켜보던 노튼 백작은 바로 휘하 기사에게 손을 내밀었고 아공간 주머니 하나가 그 위에 올려졌다.

　'판단력이나 실행력이 엄청 뛰어난 인물이군.'

　혹시 말을 바꿀까 봐 만일의 상황을 대비해서 준비한 대금을 주는 것이다.

　"선금 100만 골드와 드워프가 제작한 것으로 추정되는 대검일세."

　가온은 바로 주머니를 받아서 골드와 아이템을 확인했다.

　대검은 공격력과 예기를 큰 폭으로 강화시켜 주는 효과가 있는 아이템으로 유일 등급이었다.

　"선금은 확실히 받았습니다. 온 클랜이 정식으로 이번 의뢰를 맡도록 하겠습니다. 바로 던전으로 이동하겠습니다."

　증인도 없는 상황이지만 왕실과의 계약이니 굳이 계약서를 언급할 필요는 없었다.

"하하하. 고맙네! 상황이 급하니 좀 서둘러 주게."

이제 됐다는 생각이 든 노튼 백작은 사심 없이 기뻐했다.

구애

가온 일행이 말로 1시간 거리에 있다는 던전 게이트를 향해서 출발하려고 할 때 또 다른 손님이 찾아왔다.

"라헨드라 님이 여긴 웬일이십니까?"

손님의 정체는 바로 라헨드라였다.

그는 1왕녀와 노튼 백작을 상대로 인사를 나누더니 바로 가온을 찾았다.

"허헛! 두 왕국의 의뢰를 완수하고도 왕국을 위해 이렇게 바쁘게 움직이는 온 대장을 치하하기 위해 1왕자 전하께서 보내셨네."

무슨 소리인지 잘 몰라 그저 미소만 지었다.

"툴람 왕국의 의뢰를 맡기로 했나?"

"그렇습니다."

"자신은 있나?"

그렇게 묻는 이유가 있었다.

틀람 왕국은 이미 던전을 클리어한 세 왕국에 온 클랜에게 맡긴 의뢰를 맡아 줄 것을 부탁했지만 거절당했다.

틀람 왕국 입장에서는 온 클랜이 의뢰를 거절할 것을 대비한 움직임이었지만 그만큼 어려운 의뢰였다.

"공략에 필요한 준비물 중 한 가지가 부족했는데 1왕녀께서 선물로 주시더군요."

"선물?"

"그런 게 있습니다."

지금은 굳이 자세히 얘기할 필요가 없었다.

"그런데 진짜 여긴 어떻게 오신 겁니까?"

이전의 두 의뢰라면 왕실과 관련이 있지만 틀람 왕국의 의뢰는 상관이 없었다.

"나라를 위해 수고한 온 클랜을 위한 포상을 가지고 왔지."

"포상요?"

포상이라는 말에 대원들의 시선이 라헨드라에게 집중되었다.

"감사한 말씀이지만 우리야 의뢰를 수행한 것밖에 없습니다."

대원들은 라헨드라의 말에 기쁜 표정을 숨기지 못했지만 가온은 왠지 불편해서 거절의 뜻을 밝혔다.

"온 클랜이 의뢰들을 완수한 것만으로도 본국은 엄청난 이득을 얻었네. 라티르 왕국의 질 좋은 철광석과 유색 괴 등 무구 제작에 꼭 필요한 재료를, 드베인 왕국으로부터는 당장 왕국민들이 필요로 하는 식량을 저렴한 가격에 들여올 수 있게 되었네."

식량과 무구가 시급한 아그레시아 왕국의 입장에서는 그 무엇과도 비교할 수 없는 엄청난 성과였다.

"본국이 필요한 양을 구할 수 있는 상단은 블랙펄이 유일한데 물자 부족과 수송의 어려움을 핑계로 그동안 엄청난 폭리를 취했지. 온 클랜이 아니었다면 재정이 빈약한 본국은 놈들을 대상으로 이율이 높은 채권을 엄청나게 발행해야 했을 걸세."

라헨드라는 군이 불편해할 필요가 없는 선물임을 강조했다.

그래도 일단 내용은 들어 봐야만 했다. 너무 과하면 거부할 생각이었다.

"어떤 포상입니까?"

"정식 명령서는 왕국으로 복귀하면 내려올 테지만 1왕자 전하께서는 왕실의 이름으로 온 훈 클랜장을 명예 근위기사로 서임하고 수도와 가까운 서들레인 시티를 봉지로 하는 서들레인 남작으로 임명하기로 결정하셨네."

라헨드라의 말에 대원들의 입이 쩍 벌어졌다. 명예 근위기사까지는 그럴 수 있다고 치지만 설마 작위까지 내릴지는 몰랐기 때문이다.

왕국이나 왕실에 큰 공을 세운 기사를 대상으로 임명되는 명예 근위기사의 위치는 아주 독특했다.

일단 근위기사단의 모든 시설을 자유롭게 사용할 수 있음은 물론 왕궁의 경우에도 몇 곳의 궁을 제외하면 어디든 출입할 수 있지만 기사단장의 명령은 받지 않아도 된다.

그만큼 왕실이 신뢰할 수 있는 기사에게만 내려지는 그야말로 명예로운 직위인 것이다.

거기에 작위, 그것도 작긴 하지만 왕실령에 해당하는 시티를 봉지를 다스릴 수 있는 남작이라니 대원들이 놀랄 수밖에 없었다.

5국 연합이 결성된 이후 전쟁이 사라지는 바람에 영지를 가진 새로운 계승 귀족이 거의 출현하지 않은 역사를 고려하면 그야말로 파격적인 포상이었다.

"껄끄러운 상황이 벌어지겠어, 말들도 많을 테고."

제어컨이 나크 훈의 귀에 나직이 속삭였다.

당연한 일이다. 아그레시아 왕국에서 영지를 가진 새 귀족이 임명되는 것은 거의 10년 만이니 말이다.

그동안은 그럴 정도로 공을 세운 인물이 나온 적도 없거니와 사실 왕실 입장에서도 더 이상 봉토로 나눠 줄 땅이 없었던 점을 고려하면 귀족 사회가 그야말로 끓는 기름처럼 불타오를 것이다.

"마지막으로 온 클랜을 자유 기사단으로 지정하시겠다고 하셨네."

가온에게 명예 근위기사나 작위와 영지를 하사하겠다는 말에는 별반 반응을 보이지 않던 나크 훈과 제어컨이었지만, 이번에는 경동할 수밖에 없었다.

그 얘기는 현재의 온 클랜원 모두를 자유 기사로 임명하겠다는 것을 의미했다.

현재 온 클랜은 자유 기사단으로 불리는 경우도 있지만 실제로는 유랑 기사단이다. 자유 기사단은 전원이 백작 이상의 고위 귀족에게 서임은 되었지만, 봉사의 의무가 없는 자유 기사로 이루어진 기사단이기 때문이다.

자유 기사단은 어느 곳에 적을 두지 않지만 왕국으로부터 기사단으로 인정을 받는다. 재정과 같은 문제는 자체적으로 해결을 해야 하지만, 전원이 자유 기사로 인정을 받는다는 사실을 고려하면 굉장한 포상이다.

참고로 아그레시아 왕국에서 인정한 자유기사단은 단 두 개밖에 없었고 그들은 고위 귀족들도 무시할 수 없는 독특한 위치를 가지고 있었다.

온 클랜원들은 상상을 훨씬 웃도는 아그레시아 왕국의 포상에 마른침을 삼키며 가온을 쳐다봤다.

왕실에서 내리는 포상이니 일반적인 경우라면 당연히 받아들이겠지만, 그들이 아는 가온이라면 좀 달리 행동할 수 있었다.

그런데 가온이 미처 반응을 보이기도 전에 투하란 1왕녀의 입이 열렸다.

"만약 온 클랜이 의뢰를 완수한다면 본국에서는 온 훈 대장에게 변경백의 작위와 그에 걸맞은 영지를 하사할 예정이에요."

1왕녀의 말에 장내는 조용했지만 혼돈에 가까운 감정들로 가득 찼다.

온 클랜원들로서는 수용 여부를 떠나서 도저히 이해가 가질 않는 내용이었다.

변경백은 일반 백작이 아니다. 위험 지역을 영지로 받는 대신 공작가에 버금가는 규모의 기사단과 병력을 보유할 수 있으며, 왕실에 세금을 납부하지 않아도 되는 특혜를 누릴 수 있었다.

변경백은 후작에 버금가는 대우를 받는다. 비록 중앙 권력은 약하지만 누구도 무시할 수 없는 권력과 영향력을 가지게 되는 것이다.

또한 백작부터는 기사를 임명할 수 있는 권한이 있다. 변경백의 경우에는 일반 백작보다 임명할 수 있는 기사의 숫자가 몇 배는 더 많다.

그러니 가온이 변경백이 되면 온 클랜원들은 기사가 되는 것이나 다름없었다.

그러자 지체 없이 라헨드라가 상기된 얼굴이 되었다.

"1왕녀 전하, 온 클랜원들은 명백히 우리 아그레시아 출신입니다. 나크 훈 경이나 제어컨 경은 본국의 자랑스러운 기사들이었고요. 현실성이 없는 과도한 헛바람을 집어넣는 것은 자제해 주시기 바랍니다."

"귀공의 현실성이 없다는 말을 전혀 이해할 수 없군요. 자유 기사단 지정 건은 고사하고 온 훈 대장에게 겨우 남작위와 작은 봉토를 하사하는 것만으로도 난리를 날 것이 분명한 아그레시아와 달리 본국은 정말 온 클랜을 위해서 그 정도는 언제든 내줄 각오를 하고 있어요."

라헨드라는 1왕녀의 말에 바로 반론하지 못했다. 그녀의 말이 사실이었기 때문이다.

기사라는 이름 대신 아직도 전사라는 이름을 사용할 정도로 숭무 정신이 강한 툴람 왕국이라면, 소드마스터 여섯 명을 거느리고 있는 온 대장에게 변경백의 작위와 광대한 영지를 하사해도 별말이 나오지 않을 테니 말이다.

아니, 오히려 좋아할 것이다. 변경백이 제 역할을 제대로 하면 다른 영지의 안위가 강해지니 말이다.

결국 라헨드와 투하란 1왕녀는 서로에게 싸늘한 눈길을 보내며 가온의 대답을 기다렸지만, 그는 생각할 여유를 달라는 말로 결정을 보류했다.

양측에서 가온을 더 설득하려고 했을 때 마침 텔레포트실에서 또다시 마나의 유동이 느껴졌다.

사람들은 툴람 왕국과 관련이 있는 인사가 텔레포트를 이용하는 것이라고 생각했지만, 밖으로 나온 사람들은 라티르 왕국에서 온 손님들이었다.

"오! 온 대장님, 벌써 던전으로 출발한 건 아닌지 걱정했는데, 다행히 출발하시기 전이군요."

라티르 왕국의 소르 시티에서 만났던 궁내부 2급 행정관인 아르손이 먼저 반갑게 인사를 해 왔다.

"이곳에는 무슨 일로 오셨습니까?"

일단 인사를 나눈 후 용건을 확인했다.

"던전 클리어 소식을 듣고 온 대장님을 만나러 왔지요. 먼저 소개해 드릴 분이 있습니다. 본국의 외무대신이신 두페 후작님이십니다."

"하하하. 본국의 은인을 만나게 되어 무척이나 반갑군. 두페 에론시아라고 하네."

비대하지만 큰 키로 인해서 마냥 돼지처럼 찐 것은 아니 후덕한 인상의 후작이 먼저 인사를 해 왔다.

얼마 전에 만났던 아페론 후작의 오만한 태도와 달리 무척 친근했다.

"온 클랜의 온 훈이라고 합니다. 귀하신 분을 만나게 되어 영광입니다."

"영광은 무슨. 유사 이래 가장 빨리 소드마스터가 된 온 대장을 만나게 되어 기쁨과 흥분을 금할 수 없네. 정말 골치 아픈 일을 해결해 주어 고맙네. 온 클랜 덕분에 던전을 클리어할 수 있게 되었어. 국왕 전하께서도 나를 보내 의뢰에 대한 대금은 물론 따로 치하의 마음을 전하라고 하셨네."

"그저 맡은 일을 수행한 것뿐입니다."

가온은 일국의 외무대신이기도 한 두페 후작의 친근한 태도에 뭔가 불편했다.

"이건 미지급한 의뢰 대금일세. 아이템들도 함께 들어 있네."

가온은 후작이 내미는 아공간 주머니를 받아 재빨리 내용물을 확인했는데, 희귀한 금속 괴들은 물론 아이템이 하나가 아니라 몇 개가 더 들어 있었다.

"아이템이 약속한 것보다 많은데요."

"일종의 보너스라고 생각하면 될 걸세. 에르티안 왕자님이 직접 챙긴 선물이라네."

꺼내 보니 세트로 된 가죽 방어구였는데 외관은 빽빽한 털이 남아 있어 무거워 보였지만 실제로는 무척 가벼웠고, 내

피에 다양한 마법진이 새겨져 있어 보통 물건으로 보이지 않았다.

"본국의 장인들이 심혈을 기울여 제작한 합성궁 10개와 본국의 고산지대에만 서식하는 자이언트 고랄의 가죽으로 제작한 방어구 세트인데, 겉보기와 달리 가벼울 뿐 아니라 보온은 물론 항온, 청결 마법까지 인챈트되어 착용감이 아주 우수하며 방호력 또한 오우거 가죽으로 만든 것과 비슷하지. 왕자님의 명령대로 넉넉하게 30세트를 챙겼네."

"감사히 받겠습니다!"

이런 거라면 부담 없이 받아도 된다.

'이곳에도 합성궁이 있었네.'

목재와 비목재들을 합성해서 만든 합성궁은 단일 재료를 사용해서 제작한 단궁에 비해서 사거리가 훨씬 더 길며 위력이 강하다.

탄 차원은 지구와 달리 합성궁이 발달하지 못했다.

마나를 사용하는 궁술이 발달하지 못한 것도 한 이유지만, 쇠뇌가 개발되어 왕국군이 주로 사용하게 되면서 활은 사냥꾼들만 사용했기 때문이다.

하지만 험준한 고산지대가 많은 라티르 왕국은 사정이 좀 달랐다.

좀 더 긴 사거리와 강력한 위력을 가진 화살이 필요했던 것이다.

그래서 현재 플레이어들에게 개방된 탄 대륙의 일부 지역에서는 합성궁을 사용하는 나라는 라티르 왕국이 유일했다.

엘프들은 합성궁을 쓰지 않는다. 울창한 숲속에서 살아가는 엘프들에게는 긴 사거리보다는 휴대가 간단하고 가벼운 단궁이나 일반 활로도 충분했기 때문이다.

그렇기에 합성궁은 꽤 마음에 드는 선물이었다. 활을 사용하는 스톤과 혼혈엘프들에게는 큰 도움이 될 수 있었기 때문이다.

가온이 선물을 확인하는 사이에 두페 후작은 장내에 툴람 왕국의 1왕녀와 노튼 백작 그리고 아그레시아 왕국의 라헨드라 대마법사가 있는 것을 확인하고 황급히 인사를 나누었지만 이내 얼굴이 굳었다.

'설마 이들도?'

두페 후작은 이들이 이 자리에 있는 이유를 알 것 같았다. 점보 던전을 통해서 막강한 전력을 갖춘 것으로 드러난 온 클랜 정도면 라티르 왕국처럼 다른 두 왕국에서도 욕심을 낼 수밖에 없었다.

그래서 두페 후작은 이 자리에서 온 클랜을 스카우트하기 위한 조건을 공개하지 않았다.

'일단 지켜보자. 그건 그렇고 정말 와이번을 상대하면서 광활한 습지의 독물들을 박멸하는 그 어려운 의뢰를 맡은 건가?'

툴람 왕국 토벌군이 들어간 습지 던전에 대해서는 일반에 게는 몰라도 각국의 귀족들에게는 잘 알려져 있다. 당연히 토벌군의 진군을 막고 있는 문제까지 말이다.

'이번에는 어떤 기상천외한 전술을 보여 주려나.'

전설의 조인족과 혼혈엘프이기는 하지만 300여 명이나 되는 전사장급 전사들을 동원해서 두 왕국의 의뢰를 가볍게 해결한 온 클랜이니, 불가능해 보이는 툴람 왕국의 의뢰도 기대가 되었다.

습지 던전

1시간 후, 온 클랜은 툴람 왕국의 기사 다섯 명의 안내를 받아 던전의 게이트에 도착했다.

"고대하던 손님들이 도착했군. 난 툴람 왕국 군무부 부대신 고우트 백작이라네."

게이트 앞에서 온 클랜을 맞이한 사람은 키가 2미터가 훨씬 넘은 거대한 몸집의 장년 전사였다.

'벽을 넘기 직전 단계에서 꽤 오래 정체되었군.'

가온은 고우트 백작이 온 클랜에 합류하기 전의 나크 훈과 비슷한 경지임을 바로 알아보았다.

고우트 백작은 노튼 백작과 마찬가지로 귀족이라기보다는 거칠고 야성적이면서 호쾌한 기질을 가진 전사의 이미지가 무척 강했다.

　그는 물론이고 그를 수행한 기사들도 드러난 피부에 진흙과 비슷한 재료를 문신처럼 바른 것도 그런 이미지에 한몫했다.

　"국왕 전하께서 기다리고 있으니 바로 들어가도록 하지."

　고우트 후작은 급한 성정인지 아니면 던전 안의 상황이 급한 것인지는 알 수 없지만, 가온이 자신과 클랜원들을 소개하기도 전에 일단의 전사들을 이끌고 먼저 게이트 안으로 들어갔다.

　가온을 비롯한 온 클랜원들은 굉장히 당황했지만 그 뒤를 따를 수밖에 없었다.

　게이트가 있는 지점은 던전 내에서도 상당히 높은 고지여서 아래쪽을 한눈에 훑어볼 수 있었는데 면적이 실로 엄청났다.

　"거대한 습지대군."

　던전 안은 육지보다 강과 호수 그리고 습지가 훨씬 더 많았다. 기온도 높았거니와 콧속으로 들어오는 공기 자체가 달랐다. 습도가 얼마나 높은지 공기도 눅눅하고 비릿하게 느껴졌다.

　"지금은 건기라서 소나기 정도에 불과하지만 얼마 전까지만 해도 우기라서 하루에 두 번씩 비가 오는데 양이 엄청나네. 일반인의 경우 맞으면 고통을 느낄 정도로 빗줄기가 굵고 거세지."

던전에 먼저 들어간 고우트 백작의 옆에는 두껍고 긴 가죽
천을 둘둘 만 것으로 보이는 물건을 등에 메고 있는 전사 삼
십여 명이 더 있었다.

"우리 툴람 왕국도 물이 많은 곳이지만 이곳은 우리도 손
사래를 칠 정도로 무덥고 습한 곳이네. 이렇게 개인용 카누
를 들고 다녀야 할 정도로 강과 호수 그리고 습지가 많은 곳
이기도 하고."

설명을 들어 보니 전사들이 들고 있는 두껍게 말린 가죽
천을 펴면 카누가 되는 모양이다.

"흡혈충과 독충이 무척 많다고 들었습니다."

"징그러울 정도로 많네. 독충이라기보다는 마충이라고 불
러야 하네. 땅과 물을 가리지 않고 흡혈을 하거나 독을 주입
해서 몸을 마비시키고 살을 썩게 만들어 알을 낳는 마충들이
수도 없이 많네. 물속은 더하지. 철편도 뚫을 정도로 날카로
운 이빨을 가진 식인 물고기들도 바글바글하고 검기로도 쉽
게 가르거나 뚫을 수 없을 정도로 두껍고 질긴 가죽을 가진
변종 악어들이 천지네. 게다가 깨끗한 식수도 확보하기가 힘
드네. 맑아서 멀쩡해 보이는 물에도 눈에 보이지 않는 미세
한 벌레들이 바글거린다네."

그러니 5만에 달하는 토벌군이 아직도 던전의 보스가 서
식하는 곳에도 도착하지 못한 것이다. 거의 8천에 가까운 인

명 피해를 입었음에도 불구하고 말이다.

고우트 백작의 말에 여자 대원들의 얼굴이 창백해졌다. 아마 지금 그들의 몸에는 소름이 잔뜩 돋아 있을 터였다.

'흡혈을 하거나 독을 가진 벌레와 파충류 천국이니…….'

그래도 어쩔 수 없다. 이왕 들어왔으니 끝을 볼 수밖에.

"그런데 국왕 전하께서 계시는 숙영지까지는 어떻게 이동합니까?"

나크 훈이 물었다.

"네 곳에 텔레포트 마법진이 설치되어 있네. 다만 첫 번째 지점까지 가려면 뭍에서는 걷고 허리 이상 찰 정도로 물이 많은 곳에서는 카누를 타기를 반복해야지. 중간에 졸리면 자고."

"얼마나 걸릴까요?"

"원래 하루 반이면 텔레포트 마법진이 있는 첫 번째 숙영지까지 갈 수 있네. 두어 시간 후면 해가 질 테니 이틀은 노숙을 각오해야 하겠지."

숙영지가 몇 개 있으며 그곳들마다 텔레포트 마법진이 설치되어 있다는 얘기다. 마법사가 많지 않은 툴람 왕국이지만 그 정도는 가능했다.

"그럼 제가 먼저 가서 이동 마법진이 새겨진 마도구를 이용할 준비를 할 테니 이곳에서 잠시 대기하십시오."

"오! 온 클랜이 텔레포트가 가능한 마도구를 사용한다는 소문은 들었는데, 사실이었군."

"대신 마통기로 제가 간다는 사실을 좀 알려 주십시오."

"그거야 어렵지 않은데 어떻게 가려고 그러나?"

"비행이 가능한 아이템이 있습니다. 방향만 알려 주십시오."

5만이 머물던 숙영지이니 금방 찾을 수 있을 것이다.

"숙영지까지 가는 데 그리 오래 걸리지 않을 겁니다. 마통기로 연락이 오면 저희 대원들과 함께 텔레포트하시면 됩니다."

"오! 소문이 전부 사실이었던 모양이군. 아주 편하게 갈 수 있겠군."

가온은 미노스에게 마도구 한 쌍 중 하나를 맡긴 후 투명 날개를 눈에 보이도록 한 후 장착하고 하늘로 날아올랐다.

⟨⟨⟩⟩

뜨거운 차를 한 잔 마실 시간이 지나자 토벌군이 최초로 건설한 대규모 숙영지 중앙에 온 클랜원들과 고우트 백작 일행이 속속 도착했다.

숙영지는 텅 비어 있다가 오랜만에 손님들로 인해서 중심부에 한정된 공간이지만 활기가 돌았다.

"우리에게도 이런 아이템이 있었더라면 이동에 이렇게 오랜 시간이 걸리지 않았을 텐데 참으로 안타깝군."

고우트 백작이 그사이에 친해진 나크 훈과 제어컨에게 한 탄했다.

"그렇게 생각하실 수도 있지만 사용하는 게 쉽지 않습니다. 한 번 사용하는 데 중급 마정석이 다섯 개가 필요하니까요."

"정말인가?"

고우트 백작은 나크 훈의 말에 깜짝 놀랐다. 몇 년 사이 크게 올라간 중급 마정석의 가치를 생각하면 함부로 사용할 수 없는 마도구가 맞았다.

"그렇습니다."

"하아. 이거 괜히 부러워했군. 가지고 있어도 우리 토벌군 은 제대로 활용할 수 없겠군."

5만에 달하는 토벌군의 보급만 생각하더라도 천문학적인 자금이 필요하다. 그런데 한 번에 열 명을 이동시키는 데 중급 마정석 다섯 개가 소모된다면 그야말로 그림의 떡이나 다름없었다.

"하긴. 이곳에 설치되어 있는 소규모 텔레포트 마법진을 한 번 가동하는 데도 중급 마정석 열 개가 필요하니. 아무튼 이제 두 번만 더 텔레포트를 하면 되네."

토벌군은 그동안 총 네 개의 대규모 숙영지를 건설한 모양 이다.

예지몽으로
히든랭커

"오늘은 이곳에서 쉬고 내일 다시 이동하지요."

"전하께서 기다리고 계시네."

"죄송한 말씀이지만 드베인 왕국의 던전을 나와서 쉬지도 않고 바로 이곳으로 출발했었습니다. 더 이상 텔레포트를 할 상태가 아닙니다."

"아! 미안하네. 우리 생각만 했군."

고우트 백작은 바로 사과를 했지만 낯빛은 별로 좋지 않았다.

"오늘 꼭 가야 하는 사정이 있는 겁니까?"

"그게 아니고 밤 동안 독충에 시달릴 생각을 하니 끔찍해서 그러네. 차라리 마수를 사냥하는 것이 낫지, 정말 날벌레는 아주 끔찍하네."

"날벌레들이 그렇게 많습니까?"

"낮에도 그렇지만 밤이 되면 정말 어마어마하게 몰려드네. 주술사들이 만든 비전 약을 몸에 바르고 주위에 뿌려도 일어나 보면 물어뜯긴 곳이 한두 군데가 아니지. 그나마 비약 덕분에 독이 중화되기 망정이지 만약 비약이 없었다면 우리는 아예 던전을 공략할 생각도 하지 못했을 걸세. 문제는 받아 온 약이 충분하지 않아서 몰려들 벌레를 모두 막을 수 없다는 것이네."

야행성 마수나 몬스터라면 모르겠지만 고우트 백작과 같은 사람이 자신도 의식하지 못하는 사이에 팔뚝을 벅벅 긁

으며 말하는 것으로 보아 벌레에 굉장히 많이 시달렸던 모양이다.

하지만 가온은 물론이고 그의 옆에 앉은 나크 훈과 제어컨은 전혀 불안해하지 않았다.

"오늘은 걱정하지 않고 푹 쉴 수 있을 겁니다."

"그게 무슨 소린가? 자네들도 그 약을 가지고 있는 건가?"

"아닙니다. 아! 저기 저희 대원들이 치고 있는 천막이 보이십니까?"

"특이하게 생긴 천막이로군. 지어 놓은 통나무 막사들이 있는데 왜 굳이 천막을 치는 건가?"

"저 천막도 유물입니다."

"저것이 말인가?"

천막으로 보이는 물건이 유물이라는 말에 고우트 백작의 눈빛이 강해졌다.

"일단 설치가 끝나면 천막 주위의 공간은 일종의 아공간이 됩니다. 또한 천막을 중심으로 일종의 마나장이 생성되어 소음이나 빛도 새어 나가지 않지요. 뿐만 아니라 아공간이기 때문에 고위급 마수나 몬스터가 아닌 이상 존재를 알지 못하는 상태로 천막과 가까워지면 자연스럽게 옆으로 이동하게 됩니다. 그러니 벌레 따위는 아예 접근할 수 없습니다."

실제로 날벌레는 안전텐트 주위에는 접근조차 하지 못했다.

"참으로 유용한 유물이군."

고우트 백작은 가온 대장이 사용하는 날개 아이템도 그렇지만 천막으로 보이는 아이템도 탐이 났다.

하지만 온 클랜을 상대로 욕심을 내서는 안 된다. 기사 출신인 나크 훈이나 제어컨을 포함한 고문 여섯 명은 소드마스터가 확실했거니와 자신과 비슷한 경지만 해도 여러 명이었다.

'무엇보다 온 대장은 내 실력으로는 경지를 알아볼 수도 없는 강자지.'

그런 강자이고 용병처럼 세상을 떠돌면서 숱한 모험을 했으니 이런 보물들을 얻었을 것이다.

그런 생각을 하고 있을 때 갑자기 천막은 물론 사람들이 증발한 듯 사라져 버렸다. 기존에 있던 통나무 막사들 중 천막과 가까운 두 동도 역시 보이지 않았다.

한쪽에서 따로 쉬고 있던 휘하 전사들이 경악해서 소리를 지르는 것을 보니 자신의 눈만 이상한 것이 아닌 모양이다.

"어, 어떻게 된 건가?"

"유물의 코어 위치에 마정석을 장착한 모양입니다. 가시죠."

나크 훈과 제어컨을 따라 걸음을 옮긴 고우트 백작은 어느 순간 안 보였던 천막과 온 클랜원들을 다시 볼 수 있었다.

'정말이었군.'

이런 아이템이 있으며 야외에 나가더라도 잘 때 전혀 걱정할 필요가 없었다. 오우거나 와이번과 같은 고위급 마수가 밤에 활동하는 경우는 거의 없으니 말이다.

고우트 백작과 전사들은 오랜만에 맛있는 음식을 먹고 술을 마시면서 그간의 피로를 제대로 풀 수 있었다.

토벌군의 숫자도 많거니와 던전 공략이 지지부진하다 보니 시간이 지나면서 보급이 부실해졌다.

더구나 이 던전은 고온다습한 환경이라서 음식이 쉽게 상하다 보니 보급된 식량은 주로 바싹 건조한 형태가 대다수이고 조리하는 것도 쉽지 않았다.

술이야 보급품에서 사라진 지 꽤 오래되었다.

술의 원료인 보리와 포도를 재배하던 농장은 창궐한 마수와 몬스터 들로 인해 엉망이 되어 버렸기 때문이다.

블랙펄 상단을 통하면 그래도 구할 수 있지만 이전에 비해 열 배 이상 비싸서 극소수가 아니면 감히 마실 엄두도 내지 못했다.

그러니 제대로 조리한 음식도 반가웠고 술을 마시니 더욱 살 것 같은 기분이 들었다.

"온 대장, 정말 고맙네."

"아닙니다."

"이렇게 제대로 빚은 술을 얼마 만에 마셔 보는지 모르겠네. 가만히 있어도 땀이 줄줄 흐르는 개떡 같은 날씨나 조금만 방심해도 피를 빨아먹고 독을 주입하거나 살 속에 알을 낳는 벌레 그리고 습지에 서식하는 마수와 몬스터 들을 상대하는 것보다 술을 참는 것이 너무 힘들었었네."

한 잔씩 마실 때마다 너무나 행복해하는 표정을 짓는 것을 보니 그냥 하는 소리 같지는 않았다.

"혹시 개인적으로 아공간 주머니를 가지고 계십니까?"

"있긴 한데 왜 그러나?"

"백작님을 만난 기념으로 와인과 맥주를 각각 10통씩 드릴 테니 아껴 드십시오."

"그, 그게 정말인가?"

가온은 대답 대신 고개를 끄덕였다.

와락!

고우트 백작이 바로 가온의 손을 붙잡고 흔들었다.

"고맙네! 고마워! 하하하! 치사하게 내가 없는 동안 온 클랜을 마중하는 임무를 내게 맡긴 놈들이 아주 땅을 치고 후회할 걸세."

그렇게 말하는 고우트 백작이나 너무나 행복하고 만족스러운 얼굴로 술을 마시는 전사들을 보면 툴람 왕국의 기사들은 전사라는 이름이 더 어울릴 정도로 단순하면서도 순수해 보였다.

그렇게 이른 저녁 식사가 끝나고 툴람 왕국의 전사들은 맥주 두 통을 들고 통나무집으로 향했다. 그래도 그곳은 출입구에만 꼼꼼하게 비약을 바르면 벌레를 피할 수 있다고 했다.

사실 그들이 그런 이유를 피력했지만 가온은 그들이 안전텐트의 효능을 믿지 못하고 있음을 짐작했다.

원래 사람은 자신이 경험한 것만 믿는 성향이 강했다.

덕분에 통나무집을 들어가도록 친 두 동의 안전텐트에는 온 클랜원들만 남았다.

"대장, 이젠 의뢰를 어떻게 수행할지 알려 주시게."

나크 훈의 말에 대원들이 일제히 가온을 쳐다봤다.

"갓상점에 들어가 봤으면 알겠지만 아이템 중에 뇌전구라는 것이 있습니다."

"저 알아요! 20포인트던데요."

다행히 매디가 뇌전구를 알고 있었다.

"뇌전구 700개 정도를 구입할 생각입니다. 개당 3서클 마법인 라이트닝 볼트에 준하는 전격을 방출할 수 있으니 습지에 서식하는 독충들은 어느 정도 정리될 겁니다. 나머지는 바람의 정령을 이용해서 멀리 날려 버리거나 태워 버릴 생각입니다."

가온의 설명에 어떻게 독충들을 처리할지 나름 고심했던 대원들의 얼굴이 밝아졌다.

"그럼 와이번은 어떻게 상대할 생각인가?"

"이번에 3층에 들어갔을 때 우연히 고대 유물을 얻었습니다."

가온은 마나포를 꺼내 마법사와 정령사를 제외한 대원들에게 나눠 주었다.

"사용 방법은 간단합니다. 이 부분이 푸르게 변할 때까지 마나를 주입한 후 목표를 향해 조준하고 방아쇠를 당기기만 하면 됩니다. 그럼 유형화된 마나포탄이 발사됩니다. 유효사거리는 대략 100보 남짓이고 위력은 오크는 한 방에 산산조각 낼 수 있을 정도입니다."

마나포탄에 대해서는 잘 모르지만 이름만으로도 어느 정도 유추할 수 있었다.

"와우!"

가온의 설명에 마나포를 살펴보던 대원들의 눈이 휘둥그레졌다.

"무엇보다 한 번에 소모되는 마나가 대략 100 정도인데 랄프가 마나 보유량이 대략 500 정도이니 다섯 번을 사용할 수 있습니다."

이어진 가온의 설명을 들은 대원들의 얼굴이 환해졌다. 대원 중 가장 실력이 떨어지는 랄프도 다섯 번이나 사용할 수 있다면, 다른 이들은 그보다 훨씬 더 많이 사용할 수 있다는 것을 의미했다.

"아무리 와이번이 최상급 비행 마수라고 해도 한 번에 마나포탄 서너 발을 맞으면 끝장입니다. 날개에 구멍만 제대로 뚫려도 비행 능력이 크게 낮아지지요. 그러니 속박이나 경직 마법을 사용할 마법사나 정령사와 궁사 한 명을 포함해서 네 명이 한 조가 되어 화망을 형성하는 것에 유의해 주십시오."

"그럼 뇌전구는 동시에 던져야 효과가 크겠네요?"

라디아의 말에 가온은 자신이 무엇을 놓치고 있었는지 알 수 있었다.

"직접 보지는 않았지만 굉장히 넓은 습지대라고 했으니 그것도 문제네요. 그리고 완력으로 뇌전구를 골고루 던질 수 있을까요?"

생각해 보니 습지 밖에서 뇌전구를 던져야 하는데 완력으로 가능한지도 문제였다.

"일단 습지대부터 눈으로 직접 확인한 후 결정해야겠네."

의뢰를 완수하려면 이 문제들은 반드시 해결해야만 했다.

안 그래도 피곤했고 술까지 마신 대원들은 일찍 잠자리에 들었다.

하지만 가온은 할 일이 있었다.

'저장의 구슬에 뇌전력을 가득 채워야 해.'

뇌전구가 있기는 하지만 그것만으로는 부족할 수 있었다. 마누의 전격 능력을 더 오래 발현하려면 저장의 구슬에 뇌전력을 채우는 것이 좋았다.

무엇보다 뇌전구가 방출하는 전격은 뇌전신공을 통해 축적한 뇌전력과는 차원이 달랐다.

가온은 저장의 구슬에 자신의 뇌전력을 모두 주입한 후 뇌전신공을 운용해서 뇌전력이 회복되면 다시 저장의 구슬에 주입하는 과정을 끊임없이 반복했다.

그 과정에서 가온은 구슬의 저장 용량에 감탄했다. 끊임없이 뇌전을 받아들이는 것이다.

할 일은 그것만이 아니었다.

던전의 어둠이 걷히기 시작했을 때 카우마에게 의념을 보냈다.

'카우마, 어느 정도 회복이 됐니?'

1왕녀로부터 저장의 구슬을 받은 직후 잠깐 혼자만의 시간을 만들어서 카우마에게 엘프 장로들이 준 자연의 정수를 한 병 주었었다.

시간이 짧아서 크게 기대하지 않았음에도 카우마는 처음으로 자신의 모습을 드러냈다.

-저 어때요?

카우마는 타는 것 같은 붉은색 머리카락과 붉은 눈동자 그리고 붉은색의 드레스를 가진 주먹 크기의 정령이었다.

'예쁘네.'

괜한 소리가 아니라 보기만 해도 기분이 좋아지는 밝고 쾌활한 모습이었다.

ー호호호. 제가 생각해도 예쁜 것 같아요.

'그런데 날개는 없는 거니?'

카우마도 이제까지 계약했던 정령들처럼 자연정령이라서 날개가 있을 것으로 생각했는데 없는 것이 이상했다.

ー저는 날개 대신 화염이 있어요.

그러고 보니 희미하게 일렁이는 화염이 날개처럼 등 쪽에 펄럭이고 있었다.

'이젠 다 회복한 거야?'

ー네! 온 님을 만났을 때에 비해서 세 배 정도 강해졌다고 생각하시면 될 것 같아요. 더 강해질 것 같고요.

그렇다면 큰 도움이 될 것이다.

다음 날 아침, 온 클랜원들이 새벽 수련을 끝마칠 때 안전텐트의 통나무집에서 나온 고우트 백작의 표정은 무척 밝았다.

"잘 주무셨습니까?"

먼저 씻은 나크 훈이 물었다.

고우트 백작은 다른 전사들처럼 안전텐트가 아니라 통나무집으로 향했다가 벌레에게 몇 방 물리더니 마음이 바뀌었는지 안전텐트로 건너왔었다.

"오랜만에 아주 잘 잤네. 벌레 걱정을 하지 않고 잔 게 언제인지 모르겠네."

그래서 그런지 어제보다 낯빛이 훨씬 좋은 것 같았다.

"그나저나 오늘 바로 의뢰를 수행할 생각인가?"

"그렇습니다."

"우리가 생각해도 쉽지 않은 의뢰이기 때문에 우리 쪽에서도 조력을 할 생각이네."

"조력요?"

"어제 통신을 할 때 전하께서 그렇게 말씀하시더군."

"대장에게 얘기는 해 두겠습니다."

어제 논의했던 내용을 떠올린 나크 훈은 희색이 되었다. 토벌군이 적극적으로 돕는다면 어제 나왔던 문제점을 어느 정도 해결할 수 있을 것 같았다.

"그런데 온 대장은 어디 있나?"

"할 일이 있다고 밤을 꼬박 새우고 지금 연공을 하고 있습니다."

"참으로 열심이군. 그런데 자네가 익힌 검술이 철월검류라고 들었는데, 맞나?"

"그렇습니다. 미흡하지만 철월검류를 이었습니다."

나크 훈은 그런 상세한 부분까지 세상에 알려졌다는 사실이 신기했지만, 내심 자랑스러웠다.

"자네에겐 좀 불편한 질문일 수 있는데 어찌 스승과 제자의 실력이 균형을 벗어난 건가?"

온 클랜을 좀 아는 이들이라면 당연히 품을 수 있는 의문이었지만 나크 훈에게는 차마 묻지 못하는 질문이다.

하지만 나크 훈은 담담했다.

"온은 제 제자이기는 하지만 재능이 남다릅니다."

그는 일단 가온의 칭찬부터 했다.

"온은 이미 제게 철월검류를 사사하기 이전에 세상을 떠돌면서 다양한 검술을 배웠고 이론 부분도 깊이 파고들었더군요. 제 경우에는 이론을 파고들기보다는 몸으로 익히는 것에만 집중을 했던 터라 미처 다른 검술을 깊이 연구할 생각을 하지 못했습니다."

사실 근위 기사 정도면 여러 검술을 익힐 수 있었다. 하지만 소드마스터의 경지에 오르려면 깨달음이 필요하다.

문제는 깨달음이라는 것이 뜬구름과 같은 추상적인 개념이고 소드마스터들도 각각 깨달음이 다르니 가르쳐 줄 수가 없었다.

"그런 면에서 온은 저보다 훨씬 넓은 시각으로 철월검류를 연구할 수 있었고, 다양한 경험을 통해서 육체나 마나에 대한 깊은 고찰을 해 본 경험이 있었습니다. 그래서인지 저에 앞서 소드마스터의 경지를 밟았고, 그 후에는 제가 온에게 가르침을 받아서 소드마스터가 될 수 있었습니다."

"이상적인 스승과 제자의 관계로군. 참으로 대견하면서도 부럽네. 나는 어떻게 해야 소드마스터의 경지에 오를 수 있을지 감도 못 잡고 있는데…….."

사실 고우트 백작은 이번 토벌의 참여 대상이 아니었다. 고령으로 인해 유명무실한 군무대신을 대신해서 처리해야 할 군무부의 업무가 워낙 많았기 때문이다.

하지만 던전을 공략하면 보상으로 새로운 차원으로 건너갈 수 있는 징표를 얻을 수 있으며 새로운 차원으로 건너가는 과정에서 자신에게 꼭 필요한 가르침 혹은 조언을 해 줄 수 있는 존재를 만날 수 있다는 소문을 듣고 자원한 것이다.

"남들은 벌써 포기하고 검을 내려놓을 시기임에도 백작 각하께서는 계속 정진하고 계시니 반드시 좋은 결과가 있을 겁니다."

"그랬으면 좋겠네."

그렇게 두 사람이 대화를 나누는 사이에 아침 식사가 준비되었다.

툴람 왕국의 구르텐 국왕은 무척 호쾌하면서도 단순한 인물이었다.

'일국의 왕치고는 너무 털털하네.'

그만큼 전형적인 전사의 성향을 가진 국왕이었다.

"와이번과 습지의 끔찍한 마충만 해결해 주게! 약속한 보상에 더해서 자네가 원하는 건 뭐든 들어주지."

구르텐 국왕은 습지의 흡혈충과 독충 들로 인해서 수천 명의 사상자가 발생하고 그 때문에 보스를 공략하지 못하는 지금 상황에 미치기 일보 직전 같았다.

"최선을 다하겠습니다."

"우리가 도와줄 건 없나?"

원래는 거절하려고 했지만 매디가 제기했던 문제를 해결하려면 조력을 받는 편이 나았다.

"그럼 염치 불고하고 하나만 부탁드리겠습니다."

가온의 부탁 내용을 들은 구르텐 국왕은 발을 구르며 손뼉을 칠 정도로 기뻐했다.

"확실히 그렇게 하면 의뢰가 성공할 가능성이 높겠군. 무조건 그렇게 해 주지."

"그럼 바로 준비를 해 두겠습니다."

현재 토벌군이 주둔하고 있는 숙영지는 목표인 습지대와 걸어서 30분 정도 떨어진 곳에 위치했다.

"그 뇌전구, 갓상점에서 구입할 수 있는 것이 분명한가?"

"그렇습니다. 개당 20포인트입니다."

"그럼 우리 측에서도 700개를 더 구입하겠네."

좀 과한 것 같았지만 온 클랜의 입장에서는 나쁠 것이 전혀 없었다.

"그리고 고우트 백작에게 들었는데 아주 잘 익은 맥주와 맛은 물론 풍미가 끝내주는 와인을 가지고 있다고?"

누가 전사가 아니랄까 봐 술을 좋아하는 국왕이다.

"루시아라는 곳에서 주조한 와인과 맥주입니다."

"오오! 맥주와 와인이라니! 내게도 좀 줄 수 있는가?"

"당연히 드려야지요."

가온은 입맛까지 다시는 국왕에게 맥주와 와인을 각각 열 통씩 선물했다.

구르텐 국왕은 물론이고 동석한 토벌군 수뇌부는 순식간에 막사를 가득 채운 주향에 코를 벌름거리며 마른침을 삼켰다.

"일단 맥주 한 잔씩 마시고 시작하도록 하지."

국왕은 직접 맥주통을 따서 거품이 가득 넘치도록 잔을 채워 주었는데 평소에도 이런 적이 많았는지 아무도 그의 행동을 제지하지 않았다.

건배사는 없었지만 국왕이 마지막으로 잔을 높이 들 때까지 필사적으로 참았다.

마침내 술을 마시게 된 국왕과 수뇌부는 입안을 가득 채운 청량하면서도 시원한 맛과 향에 눈이 휘둥그레졌다.

"입을 시작으로 목과 속까지 시원해지는군. 맛이나 향 또한 내가 마신 맥주 중 단연코 최고로군!"

혹시나 싶어서 아공간에서 꺼낼 때 아이스 마법을 걸어 둔 덕분에 맥주는 무척 시원했다. 무엇보다 덥고 눅눅한 환경이라서 그런지 더욱 청량하게 느껴졌으리라.

"살 것 같구나! 오늘은 무조건 습지대를 건널 수 있을 것 같아!"

구르텐 국왕이 환한 얼굴로 그렇게 외치며 남은 맥주를 단숨에 들이켰다.

숙영지를 나와 의뢰를 수행할 습지대를 확인한 가온은 생각보다 훨씬 넓다는 점을 깨닫고 구르텐 국왕이 뇌전구 700개를 추가로 구입하겠다고 한 이유를 알 수 있었다.

수면이 검게 보일 정도로 독충들이 득실거리는 습지대는 이쪽에서 나가 무리가 서식하는 뭍까지 700여 미터 길이에 폭은 300여 미터에 달했다.

그게 끝이 아니라 그 양쪽 지역 역시 습지대였는데 그쪽은 수심이 너무 깊어서 거대한 몸집을 가진 상급의 수생 마수들이 다수 서식해서 독충들을 없앤다고 해도 카누로 건너가기에는 너무 위험하다고 했다.

습지대는 넓기만 한 것이 아니었다. 속이 들여다보이지 않을 정도로 물이 혼탁했고 뭔가 썩는 듯한 냄새가 코를 찔렸다.

벌써부터 인간의 접근을 알아차린 흡혈파리와 모기 종류가 무서운 기세로 몰려들어서 마나로 보호막을 만들 수 있는 나크 훈과 같은 소드마스터들도 고개를 내저을 정도였다.

그래도 툴람 왕국의 대주술사가 조제했다는 비약을 온몸 구석구석까지 바른 상황이라서 그나마 몸에 달라붙지는 않아서 다행이었다.

"이 벌레들이 하나같이 독을 품고 있거나 흡혈을 하는 것들이라니 정말 싫어!"

샤나를 비롯한 여자 대원들은 몰려들었지만 약향 때문에 접근은 하지 못하고 주위를 날고 있는 크고 작은 날벌레들을 보면서 소름이 끼친다는 얼굴을 하고 있었다.

마론이 다른 때와 달리 공포에 질려 있는 부인 샐리를 위해서 파이어 마법으로 몰려드는 독충들을 태워 봤지만, 순식간에 다른 날벌레들이 그 자리를 채워 버렸다.

다른 마법사들도 파이어나 아이스 마법으로 벌레를 처리해 봤지만 효과는 순간에 불과했다.

그래도 툴람 왕국의 주술사들이 조제해서 보내는 비약의 지속 시간은 대략 6시간이라고 하니 그나마 안심이다.

다만 비약의 양이 부족해서 토벌군 대부분은 습지와 50미터 정도 떨어져 있는 마른 땅 위에 머무르고 있었다. 습지와 그 정도 떨어지면 독충들이 많이 접근하지 않는다고 했다.

그래도 어떻게든 흡혈을 하거나 독으로 몸을 마비시킨 후 인간의 살에 알을 낳으려는 독충들이 있어서 외곽에 포진한 전사들은 큰 나뭇잎과 비슷한 물체를 계속 휘둘러서 바람으로 독충의 접근을 막고 있었다.

　비약이 부족해서 미처 바르지 못한 전사들은 혹시 독충에 물릴까 봐 이렇게 덥고 습도가 높은 상태에서도 두꺼운 천이나 가죽으로 노출을 최소화하고 있었다.

　"작전의 대상인 구역의 평균 수심은 어느 정도입니까?"

　온 클랜을 도우라는 국왕의 명령에 따라 함께 움직이게 된 고우트 백작에게 물었다.

　"평균적으로 내 목 바로 아래까지 오네."

　생각보다 더 깊었다.

　'천생 카누를 이용해서 건너가야 하겠군.'

　그 정도 수심이라면 독충들이 없다고 해도 와이번의 습격을 감안해야 한다는 점을 고려하면 걸어서 습지대를 통과하기는 힘들었다.

　그렇다고 이제까지 토벌군이 유용하게 사용해 왔던 가죽 카누도 안전한 이동수단은 아니었다. 날카로운 이빨을 가진 식인 물고기들이 움직이는 카누를 먹이로 인식하고 공격을 하는 경우가 많다고 했다.

　가온은 뇌전구를 동시에 작동시키는 점에만 골몰하다가 한 가지 생각을 해 냈다.

'둑을 만들어야겠네. 가만! 둑을 만들면 의뢰가 필요 없지 않을까?'

토벌군의 목표는 습지를 지나 나가들이 서식하는 뭍으로 가는 것이다. 그러니 둑을 만들면 해결이 되는 게 아닌가 싶었다.

가온이 국왕에게 자신의 생각을 밝혔다.

"둑이라…… 가능 여부를 떠나 아주 기발한 생각이군."

국왕도 습지를 가로지르는 둑을 만들겠다고 하자 반색을 했지만 곁에 있는 주술사의 귀엣말에 다시 얼굴을 찌푸렸다.

"둑이 있다고 해도 걷든 달리든 이동을 해야 하는데 지금 토벌군에는 벌레를 쫓는 비약이 거의 떨어진 상태네. 이 습지의 독충은 다른 곳에 비해 숫자가 엄청나거니와 비약을 발라도 벌레에 물리는 것을 최소화하는 것에 그칠 뿐이라는 점을 고려하면 위험하긴 마찬가지네."

오는 동안 고우트 백작에게 들었는데 그동안 발생한 사상자의 대부분은 흡혈충이나 독충에 물려서 발생했다고 했다. 토벌군이 해독약을 구비했음을 고려하면 그만큼 이곳의 흡혈충과 독충들은 강력한 독을 가지고 있었다.

사상자가 많이 나왔지만 그래도 4만이 넘는 대규모 인원이 이동을 해야 했기에 습지대에 서식하는 수많은 독충을 어떻게든 박멸해야만 한다는 얘기였다.

그래도 둑의 유용성이나 필요성은 충분히 인정했기에 가

온은 둑을 건설하기로 했다.

적어도 둑이 있으면 습지를 가로지를 때 거머리와 같은 흡혈동물의 공격은 피할 수 있었고 무엇보다 사람을 충분히 동원하면 뇌전구의 위력을 최대로 끌어낼 수 있었다.

가온은 바로 카오스를 소환했다.

'이곳에서 저기 보이는 곳까지 연결되는 땅을 수면에서 무릎 높이까지 올려 줘.'

—폭은 어느 정도로 할까?

'두 보 정도면 될 것 같아. 그리고 뇌전구를 쓸 예정이니까 솟아오른 땅을 말려야 해.'

—그건 걱정하지 않아도 돼. 바로 시작할게.

'아니. 보는 눈이 많아서 연출을 좀 해야 해.'

—호호호. 재미있겠다. 그럼 저 정령사들과 연기를 해야겠네.

이전에 경험이 있어서 그런지 카오스는 가온의 말을 금방 알아들었다.

가온은 달쿤과 세르나 등 정령사 대원들을 모두 불렀다.

"대지의 정령과 바람의 정령을 소환해서 저기 보이는 곳까지 긴 둑을 만들고 물기를 날려서 단단하게 굳혀야 합니다."

정령사 대원들은 내심 이상했지만 묵묵히 정령을 소환했다.

'우리와 계약한 정령들로는 불가능한 일인데······.'

먼저 달쿤을 비롯한 혼혈 드워프들은 그렇게 생각은 했지만 내색하지 않고 가온이 지시한 대로 대지의 정령들로 하여금 습지 바닥의 흙을 위로 솟아나게 만들었다.

당연히 그들과 계약한 대지의 정령은 할 수 없는 일이지만 카오스가 관여하자 습지를 가로지르는 좁고 긴 땅이 차례로 솟아오르기 시작했다.

그것만이 아니었다. 솟아오른 땅에서 물이 흘러내리며 멀리에서도 둑에서 물기가 사라지는 모습을 확인할 수 있었다.

"오오오!"

"정령사들이다!"

뒤에서 지켜보던 토벌군 수뇌부들이 일제히 탄성을 질렀다. 눈에 보이지는 않지만 지금 벌어지는 현상을 대지의 정령과 바람의 정령들이 만들어 내고 있다는 것은 가온의 명령으로 인해 짐작할 수 있었다.

"형제여, 저게 정령들로 가능한 일인가?"

습지대를 가로지르는 둑이 마치 선을 긋듯 생겨나는 것을 본 구르텐 국왕이 놀란 얼굴로 곁에 있는 주술사에 물었다.

"……저도 정령에 대해서는 꽤 많이 들었고 물의 정령과 계약까지 했지만 이런 정도라면 저들이 모두 중상급 이상의 정령과 계약을 했어야 가능한 일입니다. 아니, 상급이라고 해도 쉬운 일은 아닙니다."

구르텐 국왕과는 이복형제로 어린 나이부터 주술에 재능을 보여 뛰어난 주술사로 인정을 받은 바텐은 놀란 표정을 감추지 못했다.

"그 정도인가?"

"그렇습니다. 잘 보시면 단순히 바닥에서 흙이 솟아난 것이 아닙니다. 폭도 일정하거니와 흙속의 물기를 모두 날려 버려 단단하고 굳은 땅으로 만들고 있잖습니까. 대지의 정령과 바람의 정령이 합을 이루어서 저런 엄청난 결과를 만들어 내고 있는 겁니다. 한 번도 들어 보지 못한 기이하고 신기한 일입니다!"

크지는 않았지만 떨리고 있는 바텐의 목소리에는 짙은 경악의 감정이 가득했다.

"드워프나 엘프라면 몰라도 인간 중에서 중상급 이상의 정령과 계약한 정령사는 역사적으로 희귀합니다."

"그런 희귀한 정령사들이 온 클랜에는 무려 여덟 명이나 있다는 거군."

"그렇습니다. 일곱 명에 달하는 소드마스터만으로도 그 어떤 무력 단체보다 대단한데 저 정도의 정령사들까지 있다니 온 클랜은 정말 말이 안 되는 존재입니다."

그렇게 말하면서 정령사들의 작업을 지시하는 가온을 보는 바텐의 눈에는 동경의 빛이 가득했다.

"참으로 욕심이 나는군."

"뭐가 말입니까?"

"봐라. 온 대장을 포함해서 십여 명은 내 실력으로 경지를 짐작도 못 할 정도로 강한 전사들이다. 그것만으로도 대단한데 형제의 말에 따르면 중상급 이상의 정령과 계약한 정령사들만 무려 여덟 명이나 되지 않은가."

구르텐 국왕의 말에 곁에 있던 바텐은 물론 두 사람의 대화를 듣고 있던 수뇌부의 얼굴에도 숨길 수 없는 감탄과 부러움의 감정이 떠올랐다.

"비록 수는 적지만 우리 근위 전사단 전체와 비견할 정도의 능력을 갖춘 저들이 아그레시아 왕국 출신이라는 사실이 너무 부럽구나. 저들을 잘만 활용하면 창궐한 마수나 몬스터를 순식간에 토벌할 수 있는 건 물론이고 골치 아픈 던전들도 빠르게 정리할 수 있을 것 같은데 말이야."

"그렇다면 저들이 혹할 선물로 우리 왕국으로 영입을 하십시오. 원하는 모든 것을 들어주더라도 전하께서 품으십시오."

국왕의 한탄에 바텐이 열기 어린 얼굴로 진언했다.

"저들을 우리 왕국에 정착시키자는 건가?"

"그렇습니다. 저들에 대한 소문이 사실이라면 온 대장은 유랑 기사이지 용병도 아니고, 아그레시아 출신은 더욱 아닙니다. 구심점인 온 대장만 잡으면 나머지는 그냥 따라올 겁니다."

"제 생각도 같습니다! 원하는 것이 무엇이건 다 주십시오. 저들이라면 뭘 주든 우리 왕국으로서는 남는 장사입니다!"

"소신도 그렇게 생각합니다. 마침 1왕녀께서 마땅한 짝이 없으니 온 대장과 혼사를 추진하면 어떻겠습니까?"

중구난방이었지만 자신의 생각을 지지하는 신하들의 말을 듣고 있던 구르텐 국왕과 바텐 주술사의 눈빛이 1왕녀가 언급된 순간 강렬해졌다.

지고한 신분인 1왕녀가 혼사의 대상으로 언급되어서 화가 난 것은 분명 아니었다.

이미 계급사회로 성장한 다른 나라와 달리 툴람 왕국은 아직도 부족 국가의 틀에서 크게 벗어나지 못했고, 워낙 숭무 사상이 강한 상태라서 강자에 대한 처우가 남달랐다.

다른 왕국이라면 감히 1왕녀를 작위도 없는 유랑 기사와 결혼시킬 생각 자체를 하지 못할 테지만, 툴람은 달랐다.

모계사회의 전통이 많이 남아 있는 데다 여권이 강하기도 하지만 이미 섭정 경험도 있어서, 던전 원정을 떠난 국왕이 국왕 대리로 임명했음에도 아무런 말이 나오지 않을 정도로 1왕녀 본인의 능력이 워낙 출중하다 보니 어지간한 전사들은 그녀를 배필로 맞이할 엄두를 내지 못했다.

그렇다고 여자를 낮게 평가하는 타국의 고위 귀족과 결혼을 시킬 수도 없기 때문에 1왕녀는 결혼 적령기를 한참 넘기고도 결혼을 하지 못한 것이다.

"1왕녀 전하의 나이가 문제가 된다면 미색이 출중한 다른 귀족의 어린 딸들을 시녀로 딸려 보내 취하게 하십시오. 나중에 첩으로 삼으면 됩니다."

툴람 왕국은 전사의 나라이기는 하지만 용맹함을 드러내기 위해 위험한 사냥을 기피하지 않는 관습으로 인해 남자의 숫자가 여성에 비해 현저히 적다.

그래서 능력이 되는 남자는 다수의 여인과 결혼하는 것이 오히려 칭송을 받는다.

왕가의 여인들도 예외는 아니다. 공주와 결혼한 전사들도 다른 여인을 취해 첩으로 삼는 일이 아주 흔했다.

"생각해 보니 머리에 근육만 찬 어리석은 남자를 극도로 싫어하는 누님에게 좋은 배필이 될 것 같네. 소문이 사실이라면 우리 왕국에서는 누구보다 강한 전사일 테고, 전략전술까지 밝을 테니 말이야. 좋아! 일단 던전부터 클리어한 후 이건을 적극적으로 추진하는 것으로 하지!"

구르텐 국왕은 자신을 위해서 결혼 적령기를 놓친 누나를 생각하자 대전사장급 실력에 외모가 남다른 가온 이상의 적임자가 없다고 생각했다.

둑 위의 전투

거대한 습지를 가로지르는 700여 미터 길이의 둑 두 개가 완성된 것은 정오를 막 넘긴 시점이었다.

폭이 정확하게 두 보인 둑은 사이의 너비는 대략 300여 미터에 달했다.

정령사들은 돌아가면서 작업을 했지만 실제로는 카오스가 3분의 2 이상 힘을 썼다. 땅을 끌어 올리는 것도 쉬운 일이 아니었지만, 폭이 일정한 둑에서 물기를 빼는 작업도 만만치 않았다.

'고생했어. 잠시 쉬었다가 이따 부를게.'

가온은 고생한 카오스를 위해서 자연의 정수를 선물했다.

-호호호. 뭘 이런 걸 다.

자연의 정수가 자신의 성장에 크게 도움이 된다는 사실을 잘 아는 카오스는 환하게 웃었다.

사실 카오스의 능력이라면 1시간 안에 만들어 낼 수 있는 결과이기는 했지만 남들의 눈을 의식해야 했기에 이렇게 시간을 끈 것이다.

휴식을 겸해서 1시간 정도 식사 시간을 가진 온 클랜과 선발된 토벌군 일부가 본격적으로 습지 공략을 시작했다.

일단 토벌군 중 700명이 선발되어 뇌전구를 던지는 일을 맡았다.

벌레를 쫓는 비약을 방어구와 노출된 피부에 덕지덕지 바른 토벌군이 두 개의 둑 위에 올랐다.

그들이 습지를 가로지르는 둑으로 들어서자 기다렸다는 듯이 습지에 서식하는 날벌레들이 몰려들기 시작했다.

툴람 쪽 설명에 의하면 이곳의 벌레들은 대부분 흡혈을 하거나 살을 파먹는다고 했다.

거기에 치명적인 독까지 갖추었기에 둑으로 진입하는 토벌군의 얼굴은 두려움으로 하얗게 질려 있었다.

하지만 주술사의 비약이 효과를 발휘했는지 날벌레들은 둑 가까이 접근하지 못했다.

물론 개중에는 비약에도 아랑곳하지 않고 달려드는 놈들도 있었지만 정예로 구성된 토벌군은 그 정도는 허리에 차고 있던 작은 곤봉과 같은 도구를 휘둘러 처리할 수 있었다.

그렇게 두 개의 둑 위에 2미터의 간격으로 포진한 토벌군은 들고 갔던 십여 개의 긴 막대기 하나를 분리하더니 막대기 한쪽에 둘둘 말려 있는 가죽 뭉치에 불을 붙였다.

가죽 뭉치에는 이곳에서 사냥한 마수나 몬스터를 도축해서 모은 지방 덩어리를 녹여 두었기에 쉽게 불이 붙었고 불길은 순식간에 커졌다.

토벌군은 그 횃불을 둑의 양쪽에 하나씩 꽂았다. 횃불은 큰 화염에 무척 고열을 발산하고 있어서 몰려들었던 독충들은 삽시간에 타 죽거나 멀리 도망쳐 버렸다.

물론 그래 봐야 횃불이 꺼지면 다시 몰려들 테지만 일단 날벌레들이 더 이상 달려들지 않는다는 사실을 확인하자 토벌군은 품속에서 뇌전구를 꺼내 양손에 하나씩 쥐었다.

온 클랜원들도 둑 위에 있었다. 두 명이 한 조가 되어 50여 미터 간격으로 배치되었는데 손에는 마나포가 들려 있었다.

막 마충 박멸 작전을 시작하려고 할 때였다.

갑자기 멀리에서 지켜보는 토벌군 사이에서 시끄러운 소리가 나더니 시선이 일제히 하늘로 향했다.

둑 위에 배치된 토벌군들이 일제히 하늘을 쳐다보더니 공포에 질렸다.

"와이번이다!"

한두 마리도 아니고 무려 30마리나 되는 와이번들이 습지대를 향해서 빠르게 날아오고 있었다.

모여 있는 토벌군 쪽은 소란이 그친 것으로 보아 이미 와이번을 맞이할 준비를 갖춘 것 같았다.

문제는 둑에 배치된 토벌군들이다. 소드마스터가 아니고서는 놈의 무시무시한 부리와 발톱 공격을 막아 낼 수 없다는 사실을 잘 알고 있기에 그들은 몸이 굳은 듯 꼼짝도 하지 못했다.

'이대로라면 엉망이 될 수 있어!'

둑 위에 포진한 토벌군 중에서 공포에 질려 습지로 뛰어들거나 제 위치를 벗어나는 이가 나오게 되면 현재 진형은 순식간에 무너지고 만다. 공포는 그만큼 강력한 전염성을 지니고 있었다.

그렇게 생각한 가온은 투명날개를 보이도록 장착한 후 바로 하늘로 날아올랐다.

그런 그의 손에는 어느새 뽑아 든 뇌전검이 들려 있었는데 검신에는 시퍼런 뇌전이 방전하고 있었다.

"와라아아앗!"

마나를 가득 담은 그의 고함에 사람들의 시선이 몰렸다.

"스승님, 온 대장은 대체 와이번을 상대로 혼자 뭘 어떻게 하려는 걸까요?"

개인적으로는 스승이자 왕국민들의 정신적인 지주인 대주술사 흐라앗에게 묻는 바텐의 얼굴에는 짙은 불안감이 깃들어 있었다.

그뿐이 아니라 토벌군 거의 모두가 같은 감정으로 와이번 무리를 향해 빠르게 날아가는 가온을 쳐다보고 있었다.

"나 또한 그게 궁금하지만 걱정하는 일을 일어나지 않을 것 같구나."

"네? 그게 무슨?"

"온 대장의 검을 보거라."

시력을 집중시켜 보니 그의 검에 시퍼런 뇌전이 화염처럼 방전하고 있었다.

"설마 전격을 사용할 수 있는 매직소드입니까?"

"그런 것 같구나."

세상에 알려진 매직소드는 열 손가락 안에 들 정도로 희귀하지만 뇌전력을 가진 검은 없었다.

'또 하나의 유물급 아이템이 출현했구나!'

하지만 그 생각도 잠시, 바텐은 불안한 마음을 진정시킬 수가 없었다.

뇌전력을 사용할 수 있는 매직소드라면 와이번을 상대로 어느 정도 위력을 발휘할 것 같긴 하지만 한두 마리도 아니고 무려 서른 마리가 넘었다.

'온 클랜이 유일한 희망인데…….'

물론 이제 뇌전구를 사용해서 습지의 독충들을 처리하는 것만 남았기에 온 클랜에게 불행한 일이 닥쳐도 던전은 어찌 어찌 클리어할 수 있을 것 같지만 바텐은 그래도 가온이 무사하길 바랐다.

'현 상황에서는 와이번 무리를 도발해서 멀리 유인하는 것이 유일한 방법인데 비행 속도를 따라잡을 수가 있을까?'

그런 생각을 하고 있을 때 가온이 쥐고 있는 검신의 앞부분에 작지만 시퍼런 구슬이 나타났다.

"헉! 검환이다!"

고목의 껍질처럼 갈라지고 쉰 목소리인 것으로 보아 후작이자 왕국 최고의 대전사장인 에무르가 지른 소리인 것 같은데 왜 놀라는지 모르겠다.

"검환이 뭡니까?"

누군가 바텐처럼 궁금했던 모양이다.

"오러를 고밀도로 응축시킨 것이다. 뭐든 뚫지 못할 것이 없지. 소드마스터 중급 이상만 발휘할 수 있는 기예다!"

그 말이 끝나기도 전에 가온의 검첨에 맺혀 있던 구슬이 와이번을 향해 날아갔는데 그 속도가 얼마나 빠른지 순식간에 사라졌다.

그런데 그 결과는 더욱 놀라웠다.

"와이번이 떨어진다!"

선두에서 날아오던 와이번의 날갯짓이 약해지나 싶더니 이내 아래를 향해 무서운 속도로 추락하고 있었다.

그게 끝이 아니었다. 와이번과 부딪힐 듯 가까워지는 순간

공간이동을 하듯 순식간에 놈들의 위쪽으로 날아간 가온의 검에서 또 다른 검환이 맺히는가 싶더니 아래쪽을 향해 날아갔다.

"또 떨어진다!"

"와아아아!"

또 다른 와이번 한 마리가 처음 와이번처럼 힘을 잃고 비행속도가 느려지는가 싶더니 이내 빠르게 추락했다.

그러자 와이번 여덟 마리가 가온을 맡겠다는 듯 위쪽으로 급격히 날아올랐다.

하지만 나머지 이십여 마리는 여전히 토벌군이 있는 쪽을 향해 날아왔다.

"단순한 비행 아이템이 아니군."

멍하니 하늘에서 쳐다보던 바텐은 스승의 말에 시선을 돌렸다.

"그게 무슨 말씀입니까?"

"온 대장의 비행 속도나 비행술이 와이번을 능가한다는 말이다."

"아!"

채 서른도 되지 않은 것 같은 가온이 소드마스터 중급이라는 사실도 놀랍지만 비행 아이템을 이용해서 와이번을 능가할 정도의 비행술을 지니고 있다는 것도 놀라웠다.

'대체 얼마나 자주 비행 아이템을 사용했던 걸까?'

바텐이 그런 생각을 하고 있을 때 구르텐 국왕의 명령이 떨어졌다.

"와이번의 공격에 대비하라!"

그르륵! 그르륵!

토벌군을 수시로 습격하는 와이번을 상대하기 위해서 최근까지 바깥에서 공수해 온 거대한 캐터펄트들이 와이번이 날아오는 쪽으로 방향을 틀었고 고도를 높였다.

그렇게 토벌군 본영 측은 와이번을 맞이할 준비를 하고 있었지만 전사들의 얼굴은 좋지 않았다. 이곳의 와이번은 캐터펄트로는 쫓는 데 그칠 뿐 사냥하는 건 거의 불가능했다.

그래도 와이번의 공격을 견제할 최소한의 방어 수단을 가지고 있는 이쪽은 습지 쪽보다 상황이 더 나았다. 그들은 독충과 와이번에게 노출되어 있는 상황이다.

"이제 우리는 죽었다."

스무 살인 2년 전에 검기 입문자가 되며 성취를 인정받아서 당당하게 근위 전사가 된 두레간은 둑의 중간에 배치되었다.

가온 대장이 검환을 사용해서 단번에 와이번 두 마리를 사냥하는 것을 보고 희망을 품었지만 영악한 와이번들이 여덟 마리를 제외하고는 모두 자신들을 향해 날아오는 것을 보고 절망에 빠졌다.

가온이 열 마리를 맡았지만 그래도 스무 마리가 넘는 와이번이 도망칠 곳도 없는 둑에 서 있는 자신들을 향해 날아오고 있었다.

토벌군에서 나온 사상자 중 많은 숫자가 마충과 수생 마수에게 당한 것이지만, 와이번에 의한 피해도 적지 않았다.

토벌군은 와이번을 특히 두려워했다.

흡혈을 당하거나 중독된 경우에는 주술사들이 주술과 약으로 어떻게든 살릴 가능성이 있지만 와이번에게 가족에게 보낼 사체조차 남길 수 없었다.

"그래도 순순히 죽어 줄 수는 없지."

그런 마음으로 공포로 찌그러든 마음을 억지로 다스린 두레간이 주위를 보는데 이상한 광경이 눈에 들어왔다.

'어? 왜 저들은 전혀 긴장한 것 같지가 않지?'

동료들은 하나같이 자신처럼 하얗게 질린 얼굴로 떨고 있거나 힘이 빠져 주저앉아 있었지만, 가까이 있는 온 클랜원 두 명은 그리 긴장한 것 같지가 않았다.

'혹시 소드마스터일까?'

그게 아니라면 저렇게 담담하지 못할 것 같았다.

죽음을 피할 수 없을 것이라고 생각했던 두레간은 삶에 대한 강한 열망을 품었다.

만약에 둘 중 한 명이 소드마스터라면 와이번을 죽이기는 힘들겠지만 그래도 놈의 공격을 어느 정도 막아 낼 수 있었다.

하지만 두레간은 금방 그 기대를 접었다. 둘 다 검 대신 속이 비어 있는 시꺼먼 금속 덩어리를 들고 있었다.

'던전 클리어가 눈앞인데 여기서 죽네. 후유!'

우레간은 다시 희망을 내려놓고 마음을 정리하기로 했다.

그렇다고 공포에 질려 울부짖거나 눈앞을 가득 채운 독을 품고 있는 날벌레들보다 더 흉측한 것들이 우글거리는 습지로 뛰어들 생각은 없다.

두레간은 뇌전구에 언제라도 마나를 주입할 준비를 하고 하늘을 쳐다봤다.

와이번이 자신을 잡아채는 순간 뇌전구에 마나를 주입해서 놈에게 전격 맛을 제대로 보여 줄 생각이다.

다른 토벌군들도 두레간과 비슷한 심정인지 언제라도 뇌전구를 쓸 태세를 갖추고 있었다.

사냥 경험이 풍부한 정예 전사들로 구성된 토벌군에는 죽음을 앞둔 상황에서 정신이 파괴될 정도로 나약한 자들은 없었다.

그때 한 와이번의 동체가 빠르게 커지기 시작했다. 그만큼 빠르게 날아오고 있었다.

"젠자아앙!"

머리가 하얗게 변한다. 잠시 눌러 두었던 공포감이 순식간에 머릿속을 잠식해 버린 것이다.

가장 빨리 날아온 와이번 한 마리가 하필이면 자신이 있는 쪽으로 날아오고 있다. 죽을 각오를 했지만 놈의 발톱에 채여 반죽음 상태로 팔다리가 뽑히며 놈의 먹이가 되는 것은 정말 싫었다.

　토벌군에서는 아래가 거의 없지만 그래도 명색이 2급 전사인 두레간은 벌벌 떨리는 몸으로 손에 쥐고 있는 뇌전구를 터질 듯 힘주어 쥐었다.

　'부디 내가 아니길!'

　동료애가 남다른 툴람의 전사이지만 이번만큼은 동료애를 발휘할 수 없었다.

　와이번은 인간의 경우 한 번에 여섯 이상은 잡지 않는다. 한 발톱에 둘이나 셋씩 잡아채고 나면 둥지로 돌아간다.

　와이번의 목표가 되지 않길 바랐지만 한편으로는 목표가 되면 어떻게든 한 방을 먹일 각오를 하고 있던 두레간은 그 자리에 털썩 주저앉았다.

　살기가 가득한 와이번의 샛노란 눈알이 그를 향하는 것을 확인한 순간 다리에 힘이 풀렸다.

　와이번의 거대한 동체가 둑과 30미터 정도까지 가까워졌을 때 전혀 예상하지 않았던 일이 벌어졌다.

시퍼런 공과 같은 물체가 놈을 향해 날아갔다.

'저건 뭐지? 엄청나게 빠르네!'

공포에 질려 주저앉은 두레간의 눈이 푸른 구체가 날아가는 것을 인지한 순간 구체는 이미 와이번의 지척에 도달했다.

팍!

푸른 구체가 놈의 발톱에 맞아 산산조각이 나서 사방으로 흩어지는 순간 또 다른 푸른 구체가 놈의 날개를 직격했다.

와이번의 생체보호막은 오러블레이드가 아니면 단번에 자르거나 뚫을 수 없었다.

그만큼 강력한 생체보호막은 거대한 동체나 강철보다 더 단단하고 날카로운 부리 혹은 발톱보다 놈을 최상위 비행 마수로 만들어 주었다.

'소용없을 텐데, 헙!'

놀랍게도 푸른 구체가 속도를 줄이기 위해서 몸통 쪽으로 살짝 붙인 날개를 단숨에 뚫고 지나갔다.

생체보호막이 아니더라도 다른 비행 마수에 비하면 얇지만 검기가 아니면 상처도 낼 수 없는 질긴 피막 날개에 구멍이 난 것이다.

놀랄 건 그게 끝이 아니었다. 사방에서 푸른 구체가 날개에 구멍이 뚫리는 바람에 놀랐는지 하강하는 속도가 느려진 와이번을 향해 날아갔다.

위험을 감지한 와이번은 순식간에 날개를 펴서 체공을 하는 상태로 날아오는 푸른 구체 하나를 부리로, 그리고 다른 하나로 발톱으로 부수었지만 나머지는 어찌할 도리가 없었다.

퍽! 퍽! 퍽!

실제는 아닐 테지만 두레간의 귀에는 와이번의 날개며 몸통을 뚫는 파육음이 들리는 것 같았다.

"어어!"

두레간은 날개를 활짝 편 와이번의 꼬리 쪽과 양쪽 날개에 새로운 구멍들이 생겼다는 것을 눈으로 직접 확인할 수 있었다.

그때 또다시 푸른 구체들이 와이번을 향해 날아갔다.

'온 클랜원들이 푸른 구체를 발사하는 거야!'

이번에는 확실히 볼 수 있었다. 온 클랜원들이 와이번을 향해 들고 있는 속이 빈 금속 원통에서 푸른 구체가 발사되는 것을 말이다.

푸른 구체가 와이번의 생체보호막과 피막 날개까지 뚫는 것을 보면 오러체가 틀림없었다.

결국 이십여 마리의 와이번 중 다섯 마리는 날개가 숭숭 뚫리거나 몸통에 구멍이 뚫려 습지로 추락했고 나머지 대부분은 구멍이 뚫린 날개 때문에 힘겨워 보이는 모습으로 하늘로 황급히 날아올랐다.

아마 놈들은 다시 공격을 시도하지 못할 것이다. 날개에 구멍이 났기 때문에 나는 것도 힘겹게 보일 정도이니 말이다.

'오러체를 발사하는 무기라니!'

이 정도면 고대 유물이 틀림없었다. 어릴 때부터 십여 년 동안 용병 생활을 한 두레간은 세상에 이런 무기가 존재한다는 얘기를 들어 본 적이 없었다.

그런데 이런 무시무시한 무기를 한 명도 아니고 절반에 달하는 클랜원이 소지하고 있었다.

'온 클랜이 다들 불가능하다고 판단한 이 의뢰를 받아들인 이유가 있었네.'

소문이란 것이 과장되기 마련이지만 아무래도 온 클랜에 관련된 소문은 반대의 경우인 것 같았다.

그런 상황에서도 공격성을 버리지 못하고 둑 위에 있는 인간들을 향해 내리꽂히는 와이번들도 있었다.

두레간은 그쪽에 있는 동료들이 꼼짝없이 죽을 것이라고 생각했지만 예상했던 상황은 벌어지지 않았다.

까앙!

사악!

언제 달려왔는지 모르겠지만 오러 블레이드를 생성한 온 클랜원이 막 토벌군을 잡아채려는 와이번을 향해 검을 휘둘렀다.

달리 오러 블레이드가 아니었다. 와이번의 부리는 그래도 무사했지만 순식간에 이어진 다음 검격에 놈의 발톱은 물론 발목이 잘려 버렸다.

놀란 와이번이 강하게 날개를 퍼득거리며 다시 날아오르려고 했지만 그때는 어느 틈에 달려온 온 클랜원의 속박 마법이나 바람의 정령이, 놈이 쉽게 움직이지 못하게 만들었다.

제대로 마법에 걸렸거나 바람의 정령에 의해 붙잡힌 와이번은 오러 블레이드로 가해지는 참격을 피할 수 없었다.

소드마스터들만이 아니다. 검기를 한도까지 뽑아낸 검사들의 경우 마법이나 정령에 의해 아주 잠시 몸이 경직된 놈의 날개를 잘라 버리는 방식으로 와이번이 더 이상 날지 못하도록 만들었다.

그렇게 온 클랜원들에 목이 잘린 와이번은 네 마리에 불과했지만 심각한 부상을 입고 날아오르다가 습지로 추락한 놈들도 속출했다.

상황이 안전해지자 두레간의 관심은 고공에서 와이번을 상대하는 가온 쪽으로 향했다. 다른 사람들도 마찬가지였다.

한꺼번에 와이번 여덟 마리를 상대하게 되었지만 가온은 당황하지 않았다.

'비행술은 이제 와이번과 비슷해!'

장점은 더 있었다. 와이번에 비해서 몸이 작은 만큼 더 빠르고 영활하게 비행할 수 있었던 것이다.

가온은 마치 거대한 동체를 가진 민항기를 상대하는 전투기처럼 빠르고 영활하게 날면서 뇌전검을 사용해서 와이번의 날개에 치명적인 손상을 가했다.

마법도 한몫했다. 동체가 거대한 만큼 타깃 지정이 손쉬웠고 벼리의 노력을 통해 주문 시간이 극단적으로 짧아진 덕분이었다.

와이번은 최상위 비행 마수이기 때문에 속박 마법에 걸리더라도 금방 해제가 되었지만 가온에게는 그 짧은 시간만으로도 충분했다.

'군이 치명상을 가하려고 노력할 이유가 없어!'

오러 블레이드가 아니면 부수거나 자를 수 없는 부리나 발톱 공격을 피해서 날개만 어느 정도 잘라 내도 놈들은 균형을 잡지 못해서 추락할 수밖에 없었다.

마나탄을 이용해서 날개에 구멍을 뚫는 것은 큰 효과가 없었다. 워낙 날개가 거대하기 때문에 구멍이 몇 개 뚫리더라도 나는 데는 큰 무리가 없었기 때문이다.

그래서 가온은 뇌전검을 선택했는데 그 생각이 맞았다. 뇌전검에 닿는 순간 와이번의 거대한 동체라도 감전되어 경직될 수밖에 없었고, 그 틈을 노려서 날개 한쪽을 어느 정도 잘라 내기만 해도 놈은 추락할 수밖에 없었다.

지상에서 보면 다윗과 골리앗의 싸움 같지만 실상을 보면 가온에게 압도적으로 유리한 전투였다.

와이번 무리의 대장이 주도해서 한꺼번에 가온을 공격하기도 했지만 상대인 가온의 몸에 비해 와이번의 동체가 워낙 거대하다 보니 합공도 쉽지 않았다.

결국 와이번 여덟 마리는 한쪽 날개가 잘린 상태가 되어 균형을 잡지 못해서 빙글빙글 돌면서 연쇄적으로 추락하고 말았다.

그리고 그것으로 끝이었다. 습지에 떨어진 와이번은 본능적으로 다시 날아오르려고 했지만 마치 놈을 기다리기라도 한 듯 순식간에 몰려든 식인 물고기들과 흡혈 수생 동물들이 놈의 몸을 새까맣게 덮었다.

일부는 다시 날아오르기도 했지만 달라붙은 놈들은 절대로 떨어지지 않았다. 거대한 몸집만큼이나 먹을 것이 많은 먹이를 놓칠 수는 없었다.

정상적인 상태라면 얘기가 좀 달라질 수 있지만 날개가 잘려 생체보호막이 파괴된 상태라서 제대로 날 수가 없는 와이번은 질기고 두꺼운 가죽을 물어뜯기고 피를 빨리는 과정에서 느낄 수밖에 없는 극통에 결국 다시 추락하고 말았다.

이미 둑 위에 일정한 간격으로 포진한 온 클랜들의 마나포로 인해서 날개에 구멍이 뚫린 상태로 도망을 치는 와이번들은 가온에게 당하는 동료들을 보고도 도울 생각을 할 수가 없었다.

아니, 자신들을 쫓아서 무서운 속도로 날아오는 가온을 떨 궈 내기 위해서 안 그래도 구멍이 뚫려 평소보다 몇 배는 더 힘차게 날갯짓을 해야 했던 와이번들은 죽을힘을 다해야만 했다.

결국 와이번과의 교전이 벌어진 지 대략 20여 분이 지나자 하늘에서 더 이상 와이번을 찾아볼 수 없었다.

대략 서른 마리에 달했던 와이번 상당수가 가온과 온 클랜 원들에 의해서 죽거나 습지로 추락했고 겨우 두 마리만 간신 히 도망쳤는데, 서식지까지 날아갈 수 있을지는 알 수 없었다.

"최고다!"

"대단하다!"

두레간처럼 둑 위에 포진한 토벌군은 더 이상 와이번의 공 격을 걱정할 필요가 없게 되자 사기가 크게 올랐다.

비행 아이템을 이용해서 공중전을 통해 와이번을 사냥한 가온도 대단했지만, 토벌군은 자신들과 함께 둑 위에 배치된 온 클랜원들이 더 경탄스러웠다.

아무리 소드마스터라고 해도 비행 마수인 와이번을 사냥하 는 것은 굉장히 어렵다. 특히 이렇게 개활지에서 놈을 잡아 죽이는 것은 거의 불가능에 가까웠다.

온 클랜은 그런 일을 해낸 것이다. 소드마스터와 마법사 그리고 정령사 들의 합작을 통해서 말이다.

와이번 무리를 제대로 해치운 후 가온은 본격적인 작전을 시작했다.

"준비!"

하늘에 떠 있는 가온의 외침에 둑 위에 포진한 토벌군이 뇌전구를 쥐고 마나를 주입했다.

앞으로 10초 후면 3서클 전격 마법의 위력에 해당하는 전격을 방출할 것이다.

누구는 10미터 전방으로, 또 다른 누구는 150미터 떨어진 곳이 목표다. 물론 건너편 둑 방향으로 거리만 달리해서 던지기만 하면 된다.

습지 곳곳에는 이미 10미터 간격으로 카오스가 바닥을 끌어 올리는 방식으로 작은 섬들을 만들어 두었다.

문제는 날아가는 시간을 고려해서 먼 지점으로 던져야 하는 사람은 조금 먼저 던져야 한다.

"던져! 열! 아홉! 여덟! 일곱! 여섯! 다섯! 넷! 셋! 둘!"

가장 먼 150미터 지점까지 던져야 하는 이들은 하늘에서 '아홉'과 '다섯'이라는 단어가 들릴 때마다 뇌전구를 던졌고 가장 가까운 10미터 지점으로 던져야 하는 이들은 '일곱'과 '둘'에 던졌다.

두 개의 뇌전구를 차례로 던진 토벌군은 잽싸게 둑의 가운데로 이동해서 배급받은 스크롤을 찢었다.

푸스슷.

순식간에 실드가 생성되었다.

둑 위는 마른 땅이지만 대기가 품고 있는 습기 농도가 워낙 높아서 혹시 몰라 지급한 스크롤이었다. 절반 정도는 온 클랜에서 그리고 나머지 절반은 토벌군에서 마련한 것이다.

뇌전구 1,400개가 골고루 던져진 습지에서 일어나는 변화는 엄청났다.

푸스스스.

둑 사이의 넓은 습지가 단숨에 시퍼런 전광에 휩싸였다.

개인마다 수를 세는 간격이 달랐지만 그건 큰 문제가 되지 않았다. 뇌전구는 카오스가 습지 곳곳에 만들어 둔 작은 섬에 박힌 것이다.

타다다닥! 타다닷!

소리와 함께 타는 냄새가 진동해서 토벌군이 있는 곳에서도 맡을 수 있을 정도였다. 아마 날벌레들이 타 죽는 것이리라.

그것만이 아니었다. 시력이 뛰어난 이들은 시퍼런 뇌전의 바다를 뚫고 수면 위로 솟구치는 생물들의 모습도 볼 수 있었다. 전격에도 죽거나 기절하지 않고 발버둥을 치는 대형 종이었다.

"하아! 갓상점에서 뇌전구를 보긴 했지만 이 정도로 강력한 위력을 발휘할지는 몰랐는데…….."

구르텐 국왕은 시퍼런 전광에 휩싸인 습지를 보면서 복잡

한 얼굴이 되었다. 그동안 토벌군의 발목을 붙잡고 습지의 마물들을 가온이 이런 식으로 있었던 해치우는 것을 보니 자신이 한심해진 것이다.

뇌전구의 위력

    습지를 뒤덮은 흡혈충과 독충들이 전격에 모두 타 죽어 버리는 광경을 보고 있는 토벌군 수뇌부는 구르텐 국왕과 마찬가지로 시원함과 동시에 자괴감을 느꼈다.

    이 습지에 서식하는 마충과 수생 마수 들로 인해서 토벌군의 발길이 멈춘 지 벌써 두 달이 지났다.

    비록 갓상점에서만 쓸 수 있는 명예 포인트가 귀하다고는 해도 뇌전구는 개당 20포인트이니 자신을 포함한 토벌군 수뇌부가 개인적으로 보유한 명예 포인트로 이 정도 수량은 얼마든지 구매할 수 있었다.

    갓상점의 존재를 알고 있는 이들은 대부분 자신의 성장에 필요한 물건을 구입하는 데만 신경을 썼을 뿐 이런 식으로 사용할 수 있는 무기에 대해서는 별로 신경을 쓰지 못했다.

그래서 가온이 더욱 신기했다. 오랫동안 갓상점을 제대로 활용해 온 것으로 보였기 때문이다.

그때 바텐이 넋을 잃은 것 같은 얼굴로 중얼거렸다.

"이건 뇌전구만으로 낼 수 있는 전격이 아니야."

"그게 무슨 소리냐?"

국왕의 물음에 겨우 정신을 차린 바텐은 버릇인 듯 혀로 마른 입술을 적시며 생각을 정리했다.

"물론 뇌전구 1,400개가 만들어 낸 전격의 바다는 우리가 눈으로 보듯이 엄청난 위력을 가지고 있습니다."

"그런데?"

"전하의 지시로 갓상점에서 뇌전구를 구입하면서 뇌전구에 대한 설명을 상세히 확인했습니다. 분명히 3서클 전격 마법에 해당하는 위력을 가지고 있다는 내용이 있었지만 정말 그렇다면 전격은 벌써 사라졌어야 합니다."

"버크 백작, 그게 사실인가?"

버크는 주술사의 영향력이 강한 툴람 왕국에서도 무척 중용되는 6서클 마도사였다.

"바텐 주술사의 말이 맞습니다. 3서클 전격 마법의 지속 시간은 물이라는 매질을 고려한다고 해도 스물을 세기도 전에 사라지는 것이 일반적입니다."

"으음. 대략 그 열 배의 시간이 지났군."

"그렇습니다. 뇌전구를 두 번 연속해서 던졌다는 점을 고려해도 지금까지 전격이 사라지지 않는다는 것은 비정상적입니다. 다른 무언가가 추가되었습니다."

보통 3서클 전격 마법이 수십 호흡 만에 사라진다는 점을 생각하면 수백 호흡을 할 정도의 시간 동안 유지되는 지금의 경우는 굉장히 이례적인 현상이다.

바텐과 버크는 뇌전의 정령인 마누라는 존재를 모르고 있음에도 어떤 존재가 뇌전을 추가로 방전하고 있다는 사실은 추측하고 있었다.

하지만 가온의 뇌전력은 물론 1왕녀가 선지급한 저장의 구슬에 있는 대로 주입해 둔 뇌전력을 마누가 이용해서 전격을 최대한 오래 유지했다는 사실을 절대로 알지 못했다.

그렇게 꽤 오랫동안 습지를 가득 채우고 있던 시퍼런 뇌전이 서서히 사라졌다.

그리고 드러난 습지의 모습은 충격적이었다.

"저, 저렇게 많은 놈들이 득실거렸다고?"

수면 위에 떠 있는 생물이 얼마나 많은지 물이 아예 보이지 않을 정도였다.

물고기 종류가 가장 많았는데 절반 이상은 날카로운 이빨을 가지고 있었고 개중에는 카누를 단번에 삼킬 정도로 큰 동체를 가진 놈들도 있었다.

둑 위에서 뇌전구를 던졌던 토벌군들도 호기심에 죽어서 배를 드러내고 떠 있는 습지의 생물들을 구경했다.

"저 물고기에 붙어 있는 고둥을 좀 봐. 분명히 고둥인데 크기도 크지만 빨판을 가지고 있어."

"고둥까지 흡혈을 한다고? 정말 지랄 같은 습지네."

고둥의 경우 단단한 껍질 덕분에 뇌전에 타지 않았을 뿐 거머리와 같은 놈들은 모두 뇌전에 타 죽어 사체조차 남기지 못했다.

압권은 동체의 길이만 10미터에 달하는 거대한 물고기들이었다. 그런 물고기들의 벌어진 주둥이 안에는 톱니처럼 생긴 날카로운 이빨이 돋아나 있었다.

물고기들만이 아니었다. 동체의 길이만 거의 100여 미터에 이르는 거대한 검은색 물뱀이나 5미터 이상의 동체를 가진 악어류도 수없이 많았다.

"미친! 마충이 문제가 아니었어!"

"마충을 박멸했다고 안심하고 습지에 카누만 띄웠다면 다 죽었겠다."

사람은 물론 카누와 함께 한입에 삼켜 버릴 정도로 거대한 괴물들이 득실거렸다.

물론 툴람 왕국에서 습지 건을 의뢰한 이유는 흡혈을 하거나 인간의 살을 찢고 알을 낳는 과정에서 인간에게는 독으로 작용하는 물질을 주입하는 마충들 때문이었다.

그런데 막상 그런 마충들을 박멸하는 과정에서 확인된 내용은 무시무시했다.

누군가의 말대로 토벌군이 습지를 건널 수 있게 만드는 수단인 카누나 뗏목을 이용했다가는 저런 괴물들에게 습격을 당했을 것이다.

죽은 늪지의 괴물들을 확인한 토벌군 수뇌부는 등골이 서늘했다.

어쩌면 흡혈을 하거나 독을 가진 마충 때문에 습지를 건너가는 것을 포기했던 결정이 더 많은 희생자가 나오는 사태를 막아 준 것일 수도 있었다.

"아무튼 온 클랜이 정말 큰일을 해 주었군."

자신들도 할 수 있는 일이었기에 더욱 온 클랜의 아이디어가 빛났다. 아니, 와이번의 경우 마땅히 사냥할 방법이 없었기에 오직 온 클랜만이 할 수 있는 일일지도 몰랐다.

둥! 둥! 둥!

북소리와 함께 두 개의 둑 위에 포진했던 토벌군과 온 클랜원들이 임무를 마치고 토벌군 쪽으로 이동하는 것을 확인한 가온은 의뢰를 완수했음을 확인하고 녹스를 소환했다.

'죽어 있는 독물들이 많을 것 같은데 독을 흡수할 수 있겠어?'

-당연하지.

이미 가온을 통해서 늪지의 독물들을 인지하고 있던 녹스는 신이 나서 습지로 향했다.

가온은 추가로 앙헬을 불러내어 마정석을 가진 놈들을 선별해서 사체를 챙기도록 지시했다.

-알겠어요, 주인님. 그런데 뇌전구도 수거할까요?

그러고 보니 뇌전구를 잊을 뻔했다. 충전만 하면 제대로 사용할 수 있는 아이템인데 말이다.

'그렇게 해 줘. 그리고 콰르처럼 먹을 수 있는 것들이 있으면 챙기고.'

-제대로 확인해서 챙길게요, 주인님.

뇌전구 1,400개면 무려 28,000포인트의 가치가 있다. 품고 있던 뇌전력은 사라졌지만 충전이 가능하다고 했으니 당연히 챙겨야만 했다.

그렇게 일 처리를 마친 가온은 그를 향해 경의에 가득한 시선을 보내는 토벌군 본영 앞에 부드럽게 착지했다.

"참으로 대단한 일을 했네!"

구르텐 국왕은 가온이 착지하자 달려와서 그의 손을 덥석 잡고 흔들었다.

"해야 할 일을 했을 뿐입니다."

"자네야 그렇겠지만 우리는 마충들만 염두에 두고 있었단 말이야. 아마 마충만 처리했으면 습지를 건너가는 와중에 엄청난 피해를 입었겠지. 정말 고마워!"

"뇌전구 덕분이니 공은 토벌군에게도 있습니다."

"그렇게 들으니 그런 것도 같군. 하하하! 이제 나가 무리만 사냥하면 될 것 같아. 위험하게 카누나 뗏목으로 이용하지 않아도 되고."

"도움이 되었다니 참으로 다행입니다. 의뢰는 완수했다고 생각해도 되겠습니까?"

"당연하지. 내 바로 통신을 넣을 테니 게이트에 먼저 가서 잔금을 받도록 해."

"그럼 저희들은 먼저 철수하겠습니다."

이 던전의 보스인 나가들이 궁금하기는 했지만 사실 좀 피곤했다. 제대로 쉬지도 못하고 연속해서 의뢰를 수행하느라 심신이 좀 지쳤던 것이다.

"잠깐만. 혹시 온 클랜원들이 사용한 고대 유물을 좀 빌려줄 수 있겠나?"

"마나포를 말입니까?"

"그래, 마나포 말이야. 포에 마나를 주입해서 유형화된 마나포탄을 발사하는 것 맞지?"

"그렇습니다."

"원래 나가를 상대할 무기로 캐터펄트를 준비했는데 마나포가 훨씬 더 도움이 될 것 같아. 빌리는 대금은 넉넉하게 쳐주도록 하지."

체면을 따지는 다른 국가의 국왕이었으면 이렇게 뻔뻔하

게 부탁하지 않았을 것이지만 가온은 그의 태도가 무척 마음에 들었다.

게다가 어떻게 보면 무리한 부탁이었지만 한 국가의 왕이 간절한 얼굴로 하는 부탁이니 어쩔 수가 없었다.

"알겠습니다. 대신 열 기만 빌려드리겠습니다."

"그 정도면 충분해. 우리 바텐이 고대 주술서에서 읽은 내용인데, 나가 무리의 퀸인 나가라자가 비행 능력을 가지고 있다고 하더라고."

그렇다면 확실히 큰 도움이 될 것이다. 와이번에게도 통할 정도로 위력적인 무기이니 말이다.

"검기 실력자의 경우 대략 30번 정도 발사할 수 있다는 점과 미리 연습이 필요하다는 점을 기억해 주십시오. 그리고 마나포를 사용할 때 가장 효과적인 전술은……."

가온이 대원들에게 수거했던 마나포를 꺼내 주며 효과적으로 사용하는 방법 몇 가지까지 알려 주었다.

"귀한 고대 유물을 선뜻 빌려주어 고마워. 잘 쓰고 돌려주지. 제대로 쉬지도 못하고 우리가 한 의뢰를 수행하느라 수고했고. 아! 그리고 바로 떠나지 말고 이곳에서 잠시 기다려 주게."

"연속해서 의뢰를 수행하는 바람에 저는 물론 대원들이 많이 지친 상태입니다. 던전 근처의 적당한 곳을 찾아서 당분간 쉬려고 합니다."

"그러니까 이곳에서 쉬고 있으라고. 나가 무리를 토벌하는 데 그리 오래 걸리지 않을 테니 말이야. 자네 말대로 피로도 제대로 못 푼 상태로 텔레포트를 할 필요는 없지 않은가."

"그렇긴 한데, 추가로 의뢰하실 일이라도 있는 겁니까?"

토벌 의뢰라면 거절할 생각이다.

"있긴 한데 벌써 그런 얘기를 할 필요는 없지. 아무튼 좀 쉬고 있게. 빨리 던전을 클리어하고 오겠네. 편하게 술 한잔 하자고."

얼굴 표정이나 눈빛을 보니 진심이다. 고마움과 호의만 느껴졌다.

"알겠습니다. 그럼 좀 거들까요?"

"아니네. 그동안은 흡혈충과 독충 때문에 제대로 활약을 못 했지만 우리 툴람의 전사들은 용맹하고 실력이 뛰어나네. 마지막은 우리끼리 마무리를 하도록 하지."

구르텐 국왕은 잠시의 망설임도 없이 가온의 제의를 거절했다.

그동안 마충도 마충이지만 전사들이 제대로 기량을 펼칠 수 없는 습지라는 환경과 비행 마수인 와이번으로 인해 마음껏 사냥을 못 한 것이지, 툴람의 전사들은 오국 연합의 그 어떤 나라 기사들보다 강하다고 자부했다.

사실 도와줄 마음이 아예 없는 것은 아니지만 이렇게까지 얘기를 하니 더 이상 신경을 쓸 필요가 없어 보였다.

더 이상 관여한다면 이들의 자존심을 건드릴 수 있었다.

"알겠습니다."

마나포도 큰 도움이 되겠지만 토벌군에도 중급은 없지만 소드마스터 초급만 무려 열한 명이 있으니 나가 무리를 토벌하고 던전을 클리어하는 데는 큰 문제가 없을 것이다.

"그리고 한 수 배웠네."

"네? 뭘 말입니까?"

"뇌전구 말이야. 저습지에 서식하는 나가를 대상으로도 충분히 통할 것 같더라고. 굳이 전사들을 갈아 넣지 않고도 생기다 만 뱀 새끼들의 혼을 쏙 빼놓을 수 있겠어! 이래서 누님이 항상 머리를 쓰라고 한 건데 말이야."

천생 전사로 보이는 구르텐 국왕은 뇌전구의 위력에 단단히 반한 모양이다.

"자! 온 클랜이 지긋지긋하게 우릴 괴롭히던 마충들을 박멸하고 편안하고 안전한 길까지 열어 주었다!"

구르텐 국왕의 우렁찬 명령이 떨어지자 툴람 왕국의 전사들이 기이한 괴성을 지르며 투기를 발산했다.

"이제 남은 건 생기다 만 뱀 새끼들뿐이다! 우리 툴람 전사들의 용맹함을 보여 줄 차례다! 내가 앞장설 테니 모두 출정하랏!"

구르텐 국왕과 친위 전사들이 먼저 둑을 향해 달리기 시작하자 나머지 전사들이 부대 별로 그 뒤를 따랐다.

토벌군의 전력과 높은 사기 그리고 마나포라면 아마 오늘
이 지나기 전에 이 던전은 클리어될 것 같았다.

1왕녀의 사정

온 클랜은 그 많은 토벌군이 모두 습지를 건너가는 모습을 지켜보았다. 가온 역시 혹시 모르는 상황을 대비해서 습지 주위를 날면서 정찰을 했다.

토벌군 본영이 주둔하고 있던 곳에 자리를 잡은 대원들은 주술사로부터 받은 비약의 약효도 슬슬 떨어지는지 독충들이 한두 마리씩 달려드는 것을 뛰어난 동체시력으로 파악하고 손을 휘둘러 잡고 있었다.

"아주 지긋지긋하네."

마론이 아이스 마법을 펼쳐 주위로 몰려드는 날벌레들을 얼리며 고개를 저었다.

습지의 마충이며 괴물들은 모두 뇌전에 타 죽었지만 인간이 내뱉는 공기와 땀 냄새에 반응해서 피와 살을 노리는 다른 마충들이 멀리에서부터 날아들고 있었다.

마충들만이 아니다. 숙영지 밖의 길게 자란 수풀 속에는 다양한 종류의 독사들부터 독개미와 독거미와 같은 독물들이 가득했다.

"그런데 던전을 클리어하면 던전의 독물들은 단번에 사라지는 게 아닐 텐데, 토벌군은 어떻게 나갈까?"

"텔레포트 마법진이 있잖아."

"대형 마법진이라지만 한 번에 이동할 수 있는 인원이 정해져 있잖아. 게다가 한 번에 던전을 나갈 수도 없고."

"확실히 나가는 것도 문제네. 더구나 마법진을 작동하려면 중급 이상의 마정석이 필요한데 그 많은 인원을 모두 마법진을 통해 이동시킬 수는 없겠지."

"걱정이네. 독충을 쫓는 비약도 얼마 안 남았다고 들었는데……."

굳이 걱정을 할 필요는 없었지만 그래도 함께 작전을 했던 터라 온 클랜원들은 토벌군 걱정을 했다.

던전에 들어온 툴람 왕국의 토벌군에서 나온 사상자의 절반 이상이 흡혈충과 독충에 의해 발생했다는 사실을 잘 알고 있으니 걱정이 안 될 수가 없었다.

거기에 곳곳에 널린 호수나 습지마다 인간의 피와 살을 탐하는 수생 마수들이 즐비하다는 점을 고려하면 토벌군이 던전을 나가는 과정에서 만만치 않은 피해를 감수해야만 했다.

그건 온 클랜만의 걱정이 아니었다. 온 클랜이 의뢰를 완수했다는 소식을 듣고 기쁜 마음에 곧 던전을 클리어하고 나올 국왕을 맞이하기 위해서 게이트 안으로 들어와 있는 1왕녀 역시 그 점을 우려하고 있었다.

점보 던전은 던전 내부의 마수나 몬스터를 모두 죽여야 클리어되는 던전이 아니다. 보스를 포함해서 대략 70% 중반에 해당하는 개체를 사냥해야 클리어된다.

던전이 소멸되는 시간도 여유가 있었다. 다른 층의 경우 보름이었으니 마찬가지일 것이다.

"당장 온 대장에게 연락해요!"

토벌군으로부터 온 반가운 소식에 한동안 기분이 좋았던 1왕녀는 노튼 백작과 토벌군의 귀환에 대한 얘기를 나누다가 문제점을 발견하고 다급하게 말했다.

"온 클랜이 우리가 의뢰한 대로 습지의 마충과 수생 마수들을 처리한 건 확실하지만 안전한 귀로를 위한 그런 일까지 맡을 것 같지는 않습니다. 차라리 마수와 몬스터 토벌을 하고 있는 전사와 주술사들을 들여보내는 것은 어떨까요?"

토벌군에 포함되지 않고 전국의 성에 파견되어 토벌을 하고 있는 전사와 주술사 들이 합류한다면 어떻게든 토벌군을 안전하게 귀환시킬 수 있을 것 같았다.

"그건 최후의 수단이에요. 그들이 없으면 당장 무너질 영지가 한둘이 아니에요."

"그건 그렇지만……."

노튼 백작은 아무리 생각해도 지금쯤 귀환하고 있을 온 클랜이 이 건을 받아들일 것 같지 않았다.

"후유! 저도 사실 그들이 거절할 가능성이 높다는 건 알아요. 그래도 한번 제의는 해 봐야지요."

"정 그러시다면 알겠습니다. 그런데 보상을 어떻게 하실 생각입니까?"

오랜 던전 공략으로 인해서 왕국의 재정 상태가 최악이다. 창궐한 마수와 몬스터 들로 인해서 수도와 가까운 영지들만 세금을 겨우 보내오는 상태에서 던전 안팎에서 토벌을 하는 토벌군의 보급을 맞추는 것만 해도 수십 년간 쌓아 두었던 재정이 빠르게 고갈되고 있었다.

"왕국의 보물을 모두 처분해서라도 토벌군이 안전하게 귀환해야 해요."

맞은 소리이긴 하다. 던전에 들어간 토벌군의 툴람 왕국의 정예들이라서 더 이상의 피해가 나면 이후 반드시 해야만 하는 토벌 작전에도 큰 지장이 있었다.

"그럼 이건 어떻습니까?"

노튼 백작이 다른 수행원들이 듣지 못하도록 한 귀엣말을 들은 1왕녀의 눈이 가늘어졌다.

"그걸로 될까요?"

"어젯밤에 정보총국에서 보내온 보고서에 따르면 온 클랜은 실전 능력을 강화시켜 줄 대상을 찾아다니는 것 같다고 했습니다."

공작의 말을 들은 1왕녀가 생각해 보니 일리가 있었다.

'돈만 생각했다면 조인족이나 혼혈엘프 전사들을 고용하지도 않았겠지. 그렇다고 명예에 집착하는 것은 분명이 아니고 말이야.'

최근까지 파악한 정보에 따르면 온 클랜은 수련보다는 실전을 통해 대원들의 실력을 상승시키려는 검술관이다.

그런 점을 고려한다면 노튼 백작의 의견이 먹힐 가능성이 아주 높았다.

'더불어 우리 왕국의 고민거리를 해결할 수도 있고.'

생각을 정리한 1왕녀는 공작의 의견을 수용했다.

"바로 연락해 보세요."

그렇게 명령한 1왕녀는 만약 온 클랜이 이번 건까지 완수한다면 어떤 대가를 주어서라도 왕국에 정착시켜야겠다고 결심했다.

'왕국의 안위와 발전을 위해서라면 내 몸까지 바칠 수 있어!'

동생인 국왕이 전한 회유책의 내용을 기억한 1왕녀는 가온을 자신의 짝으로 진지하게 고려해 보기로 했다.

그런데 이상하게도 가온의 모습을 떠올린 1왕녀는 순간 몸이 뜨거워지는 것 같았다.

'왜 이렇게 덥지?'

전대 국왕이 급사를 한 이후 제대로 왕도 수업을 받지 못한 남동생 구르텐이 왕위를 이어받았다.

당연히 어린 국왕은 제대로 정사를 돌보지 못했다. 원래 전사로서 충분한 경험을 쌓은 후 천천히 왕으로서 필요한 다양한 수업을 받을 예정이었는데, 시기가 너무 일렀던 것이다.

결국 1왕녀가 곁에 붙어서 코치를 해 주어만 했는데, 국왕은 전사의 피가 짙게 흐르고 있는지 도무지 그 위치에서 벗어날 수가 없었다.

그래도 시간이 흐르자 그녀는 어느 정도 안심하고 국정의 조언자라는 자리를 내려놓을 수 있었다.

하지만 그것도 잠시였다.

전 신전에 '루'의 신탁이 내려졌고 점보 던전이 나타났다. 이 던전의 브레이크를 막지 못하면 툴람 왕국은 끝장이었다.

국왕으로서의 자격을 갖추었지만 여전히 피가 뜨거운 구르텐 국왕은 자신과 신하들의 만류에도 불구하고 직접 토벌군을 이끌고 던전으로 들어갔고 그녀는 또다시 예전처럼 국정을 운영하는 막중한 책임을 떠안고 말았다.

결국 그렇게 그녀의 찬란했던 청춘은 사라졌다. 남자를 마음에 담을 수 있는 여유 자체가 없었기 때문이다.

그렇게 서른 살을 앞둔 1왕녀는 결혼도 포기했지만 이른 아침에 국왕과 통신을 하다가 기함을 하고야 말았다.

─난 누나가 이제 여자로서의 삶을 살았으면 좋겠어.

"그게 무슨 말입니까, 전하?"

─내가 어떻게든 기회를 만들 테니까 어떻게든 온 대장을 꽉 붙들라고. 누나의 미모와 매력이라면 충분히 온 대장을 잡을 수 있어.

"……대체 무슨 소리를?"

─온 대장이 소드마스터이거나 다수의 강자를 이끄는 유랑 검술관의 지도자라서가 아니야. 나도 눈이 있다고. 온 대장처럼 평소에 감정 표현이 별로 없는 남자는 자신의 여자에게는 다정할 타입이야.

"말도 안 돼!"

결국 1왕녀는 상대가 국왕임에도 그만 버럭 화를 내고 말았다.

─말이 왜 안 되는데? 누나도 그렇지만 온 대장도 결혼 적령기를 이미 넘겼다고. 게다가 지금 세상에서 온 대장과 같은 결혼 상대가 어디에 있어? 비록 격이 맞는 고위 귀족가 출신은 아니지만 강자에게 우호적인 우리 왕국민들을 생각하면 대외적으로도 최고의 상대라고.

1왕자는 그렇게 통신을 끊었지만 그 후로 가온을 생각할 때마다 자꾸 그 말이 떠올라서 몸이 순간적으로 더워지곤 했다.

'정말 내가 온 대장을 남자로 생각하는 걸까?'

다시 생각해 보니 그는 차갑게 보이는 첫인상과 달리 세상을 떠돈 것 같지 않게 잘생기고 행동에도 상대를 배려하는 매너가 느껴졌다.

'어쩌면 정말 다정할지도.'

그녀가 결혼을 하지 않는 가장 큰 이유는 이제야 겨우 반석에 오른 남동생의 왕좌를 흔들고 싶지 않아서다.

어린 나이에 왕좌에 앉은 현 국왕이 충분히 성장할 때까지 무려 6년이나 왕국의 국정을 이끌어 왔으며 타고난 지도력을 발휘해서 툴람 왕국을 한 단계 업그레이드시킨 그녀의 능력은 누구나 인정하고 있다.

그런 그녀가 왕국이나 타국의 고위 귀족과 결혼을 하게 되면 당연히 구르텐 국왕의 위치는 흔들릴 수밖에 없었다. 특히 지금처럼 마수와 몬스터의 창궐로 인해서 사람들의 삶이 힘든 시기라면 더욱 그랬다.

그래서 그녀는 자신의 얼굴도 베일로 가리고 살아왔고 심지어 꽤 경지가 높은 주술을 익히고 있다는 사실도 그 어느 누구에게도 알리지 않았다.

그렇게 자신의 현재 위치와 장래를 상상하던 1왕녀였지만 통신을 하는 노튼 백작에게서 시선을 떼지 않았다.

1왕녀는 마통기를 내려놓은 노튼 백작의 모습에 끊기 싫었지만 머릿속에 떠오른 상상을 애써 지웠다.

"그렇게 하겠답니다."

"보상으로 무엇을 요구하던가요?"

"알아서 달랍니다. 자신도 그 점이 마음에 걸렸다고요. 그래서 전하와 논의했던 내용도 언급하지 못했습니다."

"……신뢰할 수 있는 인물이군요."

"그렇습니다. 처음에는 용병으로 소문이 나서 좀 걱정을 했는데, 정말 제대로 교육을 받은 제국 귀족가 출신인 것 같습니다."

그러고 보니 온 훈 대장이 스파인 산맥 너머의 한 제국 출신이며 귀족이라는 소문의 내용이 떠올랐다.

"아무튼 안심을 해도 되겠네요. 이제는 뭘 주어야 할지 고민을 해 봐야겠어요."

"그럼 바로 왕성으로 돌아갈까요?"

"아니요! 우리 툴람의 은인인데 그래도 무사히 여기까지 오는 것은 보고 가야지요."

"처리할 업무가 많은데……."

노튼 백작은 집무실 책상 위에 가득 쌓여 있을 서류를 떠올리며 자신도 모르게 부르르 떨었다.

허당기가 있는 국왕이야 하루면 검토를 끝낼 서류지만 약간의 편집증이 있는 1왕녀와 함께하면 몇 날 며칠은 꼬박 걸려야 처리할 수 있는 분량이다.

'뭐 그래도 토벌군이 무사히 귀환한다면야.'

노튼 백작은 얼마 후에 과로로 죽더라도 일단 마음이 놓였다.

"그나저나 아그레시아와 라티르 왕국에 이어 바람의 마탑에서도 사람을 보냈다고 합니다."

"우리가 들어온 사이에요?"

"네. 잠시 밖에 나갔을 때 그 소식을 들었습니다. 마탑의 수뇌 중 한 명이 직접 왔답니다."

"온 대장과 온 클랜을 영입하기 위해서겠지요?"

"그런 모양입니다. 먼저 와서 아직 가지 않고 기다리는 라헨드라 대법사와 두페 후작이 잔뜩 경계를 하는 모양입니다."

툴람 왕국에서나 위세가 낮지 바람의 마탑도 강력한 힘을 보유하고 있었다.

"온 클랜을 영입하면 근위 기사단에 해당하는 전력을 가지게 되니 어찌 보면 당연한 반응이에요."

"우리 왕국도 더 크게 베팅을 하는 것이 어떨까 싶습니다. 놓치기에는 너무 아깝습니다."

온 클랜이 강력한 마수와 몬스터 들만 책임져 주어도 마수와 몬스터 창궐 사태를 빠르게 해결할 수 있었다.

"돈은 물론이고 작위에도 별로 관심이 없는 것 같으니 우리는 일단 온 클랜과 끈끈한 관계를 만드는 데 주력해야 할 것 같아요."

"훌륭합니다. 저 또한 그렇게 생각하고 있었습니다. 거기에 하나 더 추가하면 위험한 등급의 던전에 대한 정보를 오픈하는 겁니다."

"던전에 대한 정보를요?"

"네. 발견은 했지만 피해가 너무 극심해서 공략을 못 하고 있는 던전들에 대한 정보라면 온 대장이 좋아할 것 같습니다."

"으음. 이해는 안 가지만 백작께서 그렇게 말씀하시니 다시 생각해 볼게요."

"제 생각이 맞는다면 아주 잘 먹힐 겁니다."

육체의 노화가 완전히 진행될 때까지 소드마스터의 경지에 도전했었던 노튼 백작은 온 클랜이 어떤 것을 가장 좋아할지 정확하게 꿰뚫고 있었다.

던전 클리어

대원들이 휴식을 취하는 동안 가온은 고민에 빠져 있었다.

'어떻게 해야 할까?'

마음이 불편하던 차에 노튼 백작으로부터 통신으로 의뢰를 받았기에 바로 승낙은 했지만 정신을 차려 보니 마땅한 해결책이 없었다.

대원들과 의논을 해 봤지만 좋은 의견은 나오지 않았다. 기껏해야 뇌전구가 언급되었을 뿐이다.

이미 사용한 뇌전구의 경우 시간만 충분하다면 뇌전기를 충전시켜 사용할 수 있지만, 지금 당장은 그럴 수가 없으니 새로 구입을 해야 하는데, 의뢰 대금도 결정하지 않은 상황이라 구입하기도 꺼려진다.

그렇다고 날벌레를 상대로 검을 휘두를 수도 없고 특히 습지의 경우 소드마스터라고 해도 목까지 잠기는 물속에서 제대로 된 검술을 펼치기도 힘들었다.

'정령들이라면 어떨까?'

일단 마누는 안 된다. 전격 능력을 한계까지 사용했기 때문에 한동안 꼼짝도 할 수 없었다.

다양한 속성을 가진 카오스라면 도움이 되겠지만 그래도 의뢰를 단번에 해결할 마땅한 스킬은 없었다.

지금 한창 흡수한 막대한 양의 독을 자기의 것을 만들고 있는 녹스도 이번 일에는 크게 도움이 되지 않는다.

앙헬은 당연히 도움이 안 될 테고 던전에 들어온 순간부터 던전에 퍼져 있는 에너지를 흡수하고 있는 모둔도 활용하기가 힘들다.

'그럼 카우마라면 어떨까?'

바위를 녹여 큰 동굴을 만들 수 있는 그녀의 능력이라면 작은 규모의 습지나 호수의 경우 물을 모조리 증발시키고 그속에 서식하는 생물을 전멸시킬 수 있을 테지만, 날개가 달린 독충들은 말끔하게 처리하기가 힘들다.

그렇게 생각을 하다 보니 문득 갓상점에서 구입한 뇌전구가 떠올랐다. 포인트는 제법 들었지만 토벌군이 몇 달 동안 해결하지 못한 문제를 해결하는 데 굉장한 역할을 했다.

'의뢰에 도움이 되는 다른 아이템도 있겠지?'

이런 것은 자신보다는 벼리가 더 잘 알고 있었다.

가온은 곧바로 리치와 마법에 대한 연구를 하느라고 여념이 없는 벼리에게 의념을 보내 상황을 설명했다.

─그럼 한빙구는 어떨까요?

'한빙구라면, 빙계 마법을 내장한 아이템이야?'

─네, 오빠. 3서클에 해당하는 아이스필드 마법의 위력을 가지고 있다는 설명을 본 적이 있어요. 가격은 뇌전구와 마찬가지로 20포인트고요.

'그걸로 될까?'

거대한 던전 내부 공간을 고려하면 일부 지역의 독충을 해결하는 데만 해도 수백, 수천 개가 필요할 것이다.

거기에 날개가 있는 독충이 어디든 이동할 수 있음을 고려하면 좋은 생각은 아닐 것 같았다.

─던전 전체를 생각하면 그것으로도 어렵죠. 아! 얼린다는 것은 물질이 가지고 있는 열을 빼앗는 거잖아요. 어쩌면 카우마가 도움이 될지도 모르겠어요.

'카우마는 화염 혹은 열기의 정령이잖아.'

─열을 방출한다면 열을 흡수하는 것도 가능하지 않을까요? 던전의 대기로부터 열을 흡수하면 기온이 확 내려갈 텐데요. 거기에 카오스에게 부탁해서 거센 바람을 일으킨다면 그 효과는 더욱 클 테고요.

벼리의 조언에 가온은 바로 카우마를 소환해서 열을 흡수하는 것이 가능한지부터 확인했다.

　-당연히 가능하죠. 지금도 제 능력을 완전히 되찾기 위해서 주인님 주위의 대기로부터 끊임없이 열을 흡수하고 있는걸요.

　'그럼 대기 중 수분이 얼 정도로 빠르게 열을 흡수할 수도 있어?'

　-네. 할 수만 있으면 빨리 힘을 되찾아야 하는 저야 더 좋아요.

　일이 이렇게 해결될 줄은 몰랐다.

　'어느 정도의 기온을 낮출 수 있는 거지?'

　-주인님이 아는 단위로 하면 셋을 셀 때까지 10입방미터의 공간을 영하 3도까지 떨어뜨릴 수 있어요.

　생각보다 더 대단한 능력이었다. 그렇게 기온이 급속도로 낮아지면 독을 가진 날벌레들은 물론이고 이런 고온다습한 환경에서 오래 살아온 수생 생물들에게는 치명적인 피해를 줄 수가 있었다.

　'카우마, 그런데 이동하면서도 가능하니?'

　이게 중요했다. 던전 내부의 기온이 높은 만큼 얼어붙었던 대기는 순식간에 다시 원래대로 돌아갈 테니 말이다.

　-열기를 방출하는 건 쉬운데 흡수하는 건 해 보지 않아서 확실하지 않아요. 아마도 빨리 이동하지는 못할 것 같아요.

　원래는 카우마에게 정령력을 지원해 주는 방법을 고려했

었는데, 그렇다면 다른 방안을 고려해야만 했다.

'그럼 일단 한 구역을 대상으로 기온을 확 낮추어 보자.'

가온이 생각한 건 한빙구와 카우마를 동시에 활용해서 되도록 넓은 공간의 기온은 영하 가까이 떨어뜨리고 토벌군이 빠르게 해당 지역을 이동하는 방안이다.

토벌군의 수가 많기는 하지만 모두 마나를 사용할 수 있는 전사들이니 자신이 길을 열고 빠르게 이동하면 독충에 대한 위험은 피할 수 있을 것이다.

'대신 좀 춥겠지만.'

그래도 피를 빨리거나 중독되는 것보다는 나을 것이다.

아! 다른 대원들도 할 일이 있었다. 특히 바람의 정령과 계약한 정령사 대원들이 말이다.

가온은 일단 갓상점에 접속해서 한빙구 1천 개를 구입했다. 곧 던전도 클리어될 테니 2만 명예 포인트 정도는 별 부담 없이 사용할 수 있었다.

게다가 한빙구는 뇌전구와 마찬가지로 재활용이 가능했다.

'나중에 점보 던전이 재생성되면 라티르 왕국 측의 던전에 한 번 들어가야겠네.'

번개가 치는 날과 장소 등 충전에 여러 조건이 필요한 뇌전구와 달리 한빙구는 충전을 하는 것도 어렵지 않았다.

토벌군은 물이 발목이나 무릎에 닿는 넓은 저습지에서 나가를 맞이했다.

 결과적으로 토벌군의 나가 사냥은 큰 문제없이 성공했다. 거의 스무 배에 달하는 압도적인 전력을 동원한 덕분이었다. 나가들은 변종답게 거대한 체구에 바위를 녹일 정도로 강한 독을 가지고 있었고 나가 퀸인 나가리자를 포함한 이십여 마리는 몸의 크기를 0.5배에서 3배까지 변환시킬 수 있으며 비행 능력까지 가지고 있었다.

 나가의 숫자는 대략 2천여 마리였고 전사 계급만 절반이 넘었다. 새끼를 제외한 암컷들은 전투 능력은 없었지만 독을 사용할 수 있어 위협적인 상대였다.

 나가의 주 무기는 화살보다 더 빠르게 뱉는 독침과 긴 팔로 휘두르는 삼지창이었다.

 삼지창은 리자드맨도 사용하는 무기였지만 이곳의 나가는 변종이라서 그런지 키가 4미터에 이를 정도로 거대했기에 더욱 위력적이었다.

 그래도 토벌군은 전원이 마나를 사용할 수 있는 전사들이었고 무엇보다 개전 초반에는 가지고 온 쇠뇌와 뇌전구를 이용해서 전사의 3분의 1 이상을 무력화시켰다.

 원래라면 비행이 가능한 나가 무리의 수뇌부로 인해서 토벌군이 고전을 해야 했지만 가온이 빌려준 마나포와 몇 시간 동안 집중적인 훈련을 한 전사들이 큰 역할을 했다.

주로 축축한 땅이나 저습지에서 생활하는 나가가 비행 능력을 가진 것은 대단하지만, 그렇다고 와이번처럼 자유롭게 날 수 있는 것은 아니고 기껏해야 수십 미터를 날 수 있을 정도에 불과했다.

놈들의 비행 속도는 당연히 빨랐지만 이미 사냥법은 알고 있었다. 넓게 포위를 한 상태로 검기 숙련자 이상의 대전사장들이 놈들을 압박하면서 마나포를 소지한 전사들이 화망을 집중해서 한 마리씩 처리하는 작전이 통했다.

나가의 독은 강력했지만 피해는 거의 없었다. 툴람의 전사들은 대대로 내려오는 강체술을 익혔고 등에 메고 다니던 개인용 카누를 방패처럼 접어서 사용했기에 설사 맞는다고 해도 즉사는 피할 수 있었다.

나가 퀸은 소드마스터들이 전담해서 합공을 했는데 다른 준보스들을 하나씩 처리한 후 포위망 뒤편에 포진한 전사들이 마나포를 이용해서 비행 능력을 제한했기 때문에 보스라는 이름이 무색할 정도로 쉽게 사냥할 수 있었다.

토벌이 시작된 지 2시간 정도가 지나자 저습지에서는 더이상 살아 있는 나가를 볼 수 없었다.

그동안 독충에게 무수한 사상자가 발생한 것과 달리 이번에는 불과 수십 명의 사망자와 그 열 배에 달하는 부상자만이 나왔을 뿐이라 대승이었다.

구르텐 국왕이 직접 나가 마을 중앙의 신전에 모셔져 있던 차원석을 부수었다.

그 순간 던전 클리어와 개인별 업적 그리고 보상을 알리는 루의 신어가 토벌군 개개인의 머릿속을 전해졌다.

던전에 서식하는 마수의 7할 이상을 사냥해야 한다는 조건을 걱정했는데, 다행히 달성한 것이다.

툴람 왕국의 경우 다른 왕국과 달리 던전에 진입한 후 토벌군을 대상으로 갓상점과 그곳에서 사용할 수 있는 명예 포인트에 대한 정보를 공개했기에 큰 소란은 없었다.

그래도 명예 포인트와 갓상점에 접속할 수 있는 권한을 획득한 전사들은 던전을 클리어했다는 기쁨은 잊어버리고 바로 갓상점을 열어서 확인하느라 정신이 없었다.

차원 이동이 가능한 징표를 얻은 이들도 꽤 많았지만, 다른 왕국의 토벌군들과 달리 툴람의 전사들은 거기에는 별로 관심이 없었다.

툴람의 전사들이라고 해서 실력 향상에 관심이 없는 것이 아니었지만, 그보다 먼저 자신의 가족과 이웃을 위협하는 마수와 몬스터 들을 토벌하는 것이 먼저라고 생각하고 있었다.

그때 전사들의 정신을 현실로 되돌리는 국왕의 고함이 울려 퍼졌다.

"툴람의 전사들이여, 모두 고생했다! 이제 모두 집으로 돌아가자!"

"와아아!"

토벌군은 일제히 환호성을 지르며 이제야 던전 클리어를 자축했다.

쉬고 있던 온 클랜원들도 던전 클리어를 알리는 안내음과 함께 보상을 수령했다.

다른 사냥을 전혀 하지 못한 상태에서 단지 의뢰를 수행했음을 고려하면 생각보다 후한 보상이었다.

개인에게 귀속되는 차원이동의 징표는 중복해서 획득할 수 없었지만, 제법 쓸 만한 아이템과 함께 만족스러운 수준의 명예 포인트를 얻었다.

'와이번 아홉 마리를 사냥했다고 레벨이 꽤 올랐네.'

이제 레벨은 12가 올라서 456이 되었다.

하지만 사체가 습지로 추락하는 바람에 파워 드레인 스킬을 쓰지 못한 탓에 에너지 부분은 별로 변화가 없었다.

그래도 밤을 꼬박 새우며 뇌전신공을 연공하고 뇌전기를 저장의 구슬에 주입하는 일을 반복해서 그런지 뇌전기가 대략 2천 정도 상승했다.

가장 큰 변화는 명예 포인트였다. 뇌전구 700개와 한빙구 1천여 개를 구입했음에도 불구하고 포인트는 90만 정도가 증가했다.

'토벌군이 나가의 서식지까지 안전하게 이동할 수 있는 길을 열어 준 것이 큰 업적으로 인정된 거구나.'

그게 아니라면 이렇게 많은 포인트를 들어올 리가 없었다.

아무튼 가온은 별로 기대하지 않았기에 무척 기뻤다.

뇌전신공의 스킬 레벨이 오르지 않았을까 기대했지만 스킬창을 확인해 보니 변화가 전혀 없었다.

그때 마통기가 울렸다.

-온 대장, 성공했어!

구르텐 국왕이었는데 목소리에서 굉장히 기뻐하는 감정이 느껴졌다.

"던전 클리어를 축하드립니다!"

-하하하! 이게 다 온 클랜의 활약 덕분이야. 피해도 경미해서 기분이 아주 날아갈 것 같아!

목소리를 들어 보니 어지간히 좋은 모양이다.

"고생이 많으셨습니다."

-누님께서 직접 안전한 귀로와 관련된 추가 의뢰를 했다고 들었네.

"맞습니다."

-그래서 말인데 마충들을 처리할 방도는 찾았나? 아니, 좀 바뀐 내용이 있네.

"뭡니까?"

-나가들이 뱉는 독을 막기 위해서 카누를 방패로 사용하는 바람에 카누를 잃어버린 전사들이 꽤 많네. 어떻게 안 될까?

"오전에 했던 것처럼 둑을 만들겠습니다."

-하하하! 그 대답을 바랐네. 그럼 같이 움직일 생각인가?

"그러려고 합니다."

—알겠네. 아까 그 숙영지에 있는 건가?

"그렇습니다."

—바로 출발할 테니 잠시만 기다리게.

시간이 흐르면 물속에 서식하는 생물들은 몰라도 독충들은 사방에서 몰려들 테니 해가 있을 때 습지를 건너야만 했다.

추가 의뢰

가온은 미노스에게 구르텐 국왕을 맞이하도록 부탁을 한 후 투명날개를 사용해서 하늘로 날아올랐다.

'마정석은 몰라도 나가의 사체는 챙겨야지.'

나가는 고블린이나 오크와 달리 가죽을 비롯해서 희귀한 재료를 얻을 수 있었다. 특히 가죽은 방수성이 좋아서 모험가들이 선호하는 우기 전용 방어구의 소재로 큰 인기를 끌고 있었다.

날개를 투명하게 만든 가온이 나가와 토벌군이 격전을 벌인 저습지에 도착했을 때는 이미 토벌군 선두가 출발한 상태였다.

앙헬을 소환해서 습지 곳곳에 널브러져 있는 나가의 사체와 텅 빈 뇌전구를 챙기게 했다.

ㅡ 쳇! 사체가 성한 게 없어요!

앙헬의 말대로 제 모습을 유지하고 있는 나가는 거의 없었
다. 토벌군이 합공을 하는 바람에 엉망이 되어 버린 것이다.

거기에 귀한 마정석은 이미 적출이 된 상태였다.

'이럴 줄은 몰랐는데……'

너무 욕심을 냈던 것일까?

ㅡ 어! 나가 마을이 그대로 남아 있어요!

앙헬의 말대로다.

보통 토벌이 이루어지면 목표가 된 몬스터의 서식지는 철
저하게 파괴하지만, 여기는 던전이라서 차원석만 찾아서 부
수고 집들은 그대로 놔두었다.

이 던전의 보스였던 나가 일족이라면 뭔가 값진 아이템이
나 보물을 소지하고 있을 것 같았지만, 그렇다고 양서류 특
유의 비린내가 진동하는 나가의 집들을 모두 뒤질 생각은 나
지 않았다.

잠시 고민하던 가온의 얼굴이 밝아졌다.

'이럴 때 사용하라고 아이템이 있는 거지.'

오랜만에 트레져 서처를 꺼내 머리에 썼다. 헤드랜턴의 형
태를 하고 있는 트레져 서처에 마나를 주입하자 눈앞에 수많
은 화살표가 나타났다.

그리고 보니 트레져 서처는 보물이 있는 장소를 화살표로

알려 주기는 하지만 보물의 등급이나 위험 유무까지 알려 주지는 않는다.

가온은 앙헬로 하여금 화살표가 가리키는 집들을 수색하도록 했는데, 의외로 값진 것들이 있었다.

이전에 죽은 나가가 가지고 있던 중상급 이상의 마정석들과 탈피한 하체 껍질이 그것이었다.

특히 탈피한 나가의 껍질은 가벼우면서도 질기고 방수성이 뛰어나서 주로 강이나 호수에서 활약하는 용병들의 전용 방어구를 만드는 데 사용된다.

탈피한 나가의 껍질은 집구석에 이물질이 붙은 채로 둘둘 말려 아무렇게나 방치되어 있었기 때문에 경험이 부족한 토벌군은 그것의 가치를 알아보지 못해서 다행이다.

토벌군은 마정석들도 거의 찾아내지 못했다. 수십 개나 되는 껍질 안에 들어 있었기 때문이다.

나가들이 언제부터 모은 것인지는 알 수 없었지만 마정석의 경우에는 그야말로 대박이었다. 등급 외 5개, 최상급 21개에 상급도 142개나 되었다.

'그래도 나가들은 다른 개체가 남긴 마정석을 먹지는 않는 모양이네.'

그 밖에는 희귀해 보이는 금속이나 무기들이 있었지만 그것들은 딱히 큰 가치가 나갈 것 같지는 않았다.

그렇게 토벌군이 놓친 전리품을 알뜰하게 챙긴 가온은 구르텐 국왕에 앞서 일행에게 복귀할 수 있었다.

1왕녀와 재차 통신을 한 구르텐 국왕은 뜻밖에도 수뇌부와 함께 텔레포트를 하지 않고 토벌군과 함께 움직이기로 결정했다.

"빨리 왕실로 복귀하셔야 하는 거 아닙니까?"

가온은 아무리 1왕녀가 정무를 훌륭하게 대리했다고 해도 국왕 본인이 왕실에 있는 것과는 다를 거라고 생각했지만 그의 생각은 달랐다.

"나를 대신할 사람을 믿는 것도 있지만 사실 다른 이유가 있네. 던전을 클리어했는데 왕국의 최정예가 빠지는 바람에 던전을 나가는 과정에서 사상자가 발생하면 억울해서 안 되잖아."

아무래도 토벌군 수뇌부에 소드마스터를 포함한 왕국의 최정예들이 몰려 있으니 그 말도 일리가 있었다.

가온은 토벌군을 챙기는 구르텐이 천생 전사로 보이지만 국왕의 자질이 충분함을 확인할 수 있었다.

"전하, 혹시 전사들이 따로 챙겨 온 방어구가 있습니까?"

"그건 왜 묻나?"

"갓상점에서 구입한 한빙구와 정령 그리고 마법을 사용해서 귀환로에 해당하는 공간의 기온을 일시적으로 낮출 생각입니다."

"오호! 그런 방법이 있었군. 온 클랜이 아주 뛰어나고 기기묘묘한 전략 전술을 사용한다고 하더니 과연! 방어구라면 당연히 있지. 없으면 훼손이 된 카누 가죽을 뒤집어쓰면 되네."

생각해 보니 1인용 카누의 재료인 가죽은 아주 다양하게 활용할 수 있었다.

"그럼 저희 온 클랜이 먼저 길을 열 테니 토벌군은 최대한 빨리 이동해 주십시오. 대부분의 마충은 기온을 확 낮추는 것만으로도 죽어 버릴 테지만 주위 기온이 워낙 높아서 오래 유지하기는 힘들 테니까요."

"알겠네. 숫자가 좀 많긴 하지만 부대 간의 간격을 최대한 좁힌 상태로 빠르게 이동해 보자고."

"전하, 저희도 아직 한 번도 시도해 보지 않은 작업이다 보니 처음에는 시행착오가 나올 수밖에 없다는 점을 양해해 주시기 바랍니다."

"하하하! 그건 걱정하지 말게. 왕국의 기둥들로 하여금 어떤 상황에도 대처할 수 있도록 얘기를 해 두겠네."

가온은 4만이 넘는 대군이 한 지역을 모두 통과하는 데 걸리는 시간을 대략 20분 정도 잡고 생각했던 작업을 진행해 보기로 했다.

가온은 여섯 명의 전사에 두 명의 마법사 그리고 두 명의 정령사로 구성된 팀 세 개를 만들었다.

1팀의 경우 나크 훈과 패터, 랄프가 한 조가 되고 타람, 라이라, 라쟈가 다른 한 조가 되었다.

바람으로 한빙구의 한기를 원하는 공간으로 보낼 지원조는 마론과 매디 그리고 라테와 로테였다.

온몸에 독충을 쫓는 비약을 덕지덕지 바른 각 조는 50보의 거리를 두고 마주 봤으며 각 조의 세 명은 100보의 거리를 두고 자리를 잡았다.

선으로 온 클랜원들을 연결하면 가로 150보, 세로 100보의 직사각형 형태가 되는 것이다. 그리고 그 내부에는 금방 죽은 짐승과 몬스터의 사체들이 곳곳에 널려 있어 피와 살을 탐하는 날벌레들이 새까맣게 모여들고 있었다.

그들 여섯 명은 하늘에 떠 있는 가온이 명령을 내리자 바로 한빙구에 마나를 주입한 후 앞에 단단히 박아 넣은 나무 막대의 윗부분에 올렸다.

그들이 밖으로 빠지자 뒤쪽에서 대기하고 있던 마법사들이 윈드 마법을 발현했고 정령사들은 소환해 둔 바람의 정령에게 직사각형 안쪽 공간으로 한기를 보내도록 부탁했다.

곧 차가운 기분이 바람에 실려 안쪽으로 날아갔다.

그곳과 삼백여 보 떨어진 곳에는 토벌군이 서로 어깨를 부딪칠 정도로 바짝 붙어서 온 클랜원들이 하는 일을 지켜보고 있었다.

예지몽으로
히든랭커

던전도 클리어한 상태라서 가벼운 마음으로 호기심을 가지고 지켜보는 이들 가운데는 바텐과 구르텐 국왕도 있었다.

"과연 가능할까요?"

"이제까지 저들이 해 온 일들을 생각한다면 반드시 해내겠지."

"하지만 저들이 말한 현상을 만들어 내려면 7서클 마법인 블리자드에 갈음하는 위력의 찬 바람이 있어야만 합니다."

이곳은 그늘이 아니면 가만히 있어도 땀이 줄줄 나올 정도로 고온다습한 던전이었다.

그런 장소에서 독충들을 모두 얼어 죽일 정도로 낮은 기온이 유지되는 공간을 만들겠다니, 온갖 신기한 현상들을 듣거나 봐 온 주술사 바텐마저 믿기가 힘들었다.

땅에 깊숙이 박은 나무 막대 위에 놓인 한빙구에서 아지랑이가 흘러나오기 시작했다.

이미 가온이 통신을 통해서 대충의 작업 과정을 설명해 둔 터라 사람들은 그 아지랑이가 한기임을 알고 있었다.

한빙구를 중심으로 사방으로 퍼져 나가던 한기는 어느 순간부터 바람의 영향으로 직사각형의 안쪽으로 흘러들어 가기 시작했다.

그렇게 아지랑이가 마치 안개처럼 변하더니 어느 순간부터 눈보라가 치기 시작했다. 물론 원래 온 클랜원들이 만든 직사각형의 공간에서만 부는.

"성공이다!"

주술 수련을 위해서 스승과 함께 세상을 떠돌 때 우연히 아이스 마탑의 대마법사가 펼치는 블리자드 마법을 목격했었던 바텐은 직사각형의 공간에서 벌어지는 현상이 무엇인지 금방 알아챘다.

"헙! 정말 블리자드잖아!"

눈 주위에 새긴 문신에 주술력을 주입해서 안력을 한계 이상으로 높인 바텐은 경호성을 터트렸다.

던전에 들어온 이래 토벌군을 아주 지긋지긋하게 괴롭혔으며 가장 큰 피해를 입혔던 독충들이 얼어붙어 바닥으로 추락하고 있었다.

'아무리 한빙구가 방출하는 한기가 강렬하고 바람의 정령이 한기를 한 공간에 가둔다고 해도 이렇게 빨리 대기를 얼려 버리다니!'

어쩌면 자신이 직접 목격했던 블리자드 마법보다 더 강력할 것 같은 위력을 가지고 있었다.

바텐만큼 마법이나 주술을 모르는 이들도 충격을 받긴 마찬가지였다. 300보나 떨어져 있음에도 한기가 느껴지는 것 같았기 때문이다.

그래도 충격을 가장 빠르게 극복한 이는 구르텐 국왕이었다. 그는 가온의 말을 철저하게 믿고 있어 충격을 덜 받은 것이다.

"다들 이동할 준비를 하도록!"

가온이 말하길 오래 유지할 수 없다고 했었다. 그러니 서둘러야만 했다.

"자! 2팀도 시작하세요!"

가온의 명령이 떨어지자 제어컨이 이끄는 1조와 미노스가 이끄는 2조로 구성된 2팀이 1팀과 동일한 작업을 시작했다.

2팀의 지원조는 세르나와 샤나 그리고 헤븐힐과 시엥으로 구성되었다.

2팀 역시 점으로 이으면 가로 백오십 보에 세로 오십 보에 해당하는 직사각형의 공간에 한빙구와 바람의 정령을 통해서 어렵지 않게 블리자드와 동일한 현상을 만들어 냈다.

한기가 엷은 안개에 이어 대기 중의 수분을 결정으로 만들었고, 직사각형의 공간에는 눈보라가 몰아쳤다.

당연히 아공간에서 꺼낸 사체에 홀려 모여들었던 날벌레들을 순식간에 얼려 버렸다.

그렇게 2팀의 작업이 성공하는 순간 3팀이 동일한 작업을 시작했다.

3팀에는 바람의 정령사가 없었다. 마법사도 바로와 나디아밖에 없었다.

하지만 두 마법사에게는 바람 마법이 내장된 스크롤이 있었다.

비록 정령사도 없고 마법사도 부족하지만 스크롤의 도움으로 3팀 역시 어렵지 않게 블리자드를 구현해 냈다.

연달아 만들어진 빙한의 공간은 폭은 50보에 불과하지만 길이는 무려 900보나 되었고 구르텐 국왕을 필두로 방어구나 카누 가죽을 뒤집어쓴 토벌군이 빠르게 이동하기 시작했다.

'역시 기온이 빠르게 올라가고 있어!'

주위 기온이 워낙 높아서 그런지 한빙구와 바람으로 만들어 낸 블리자드의 위력은 빠르게 약화되고 있었다.

물론 사체를 미끼로 모은 마충들을 모두 얼려 죽였지만, 인간의 호흡과 땀 냄새에 이끌린 다른 마충들이 순식간에 다시 모여들 것이 분명했다.

'카우마!'

이제 카우마가 활약할 차례다.

1팀과 2팀이 작업한 공간의 중앙, 지상에서 3미터의 높이에 자리를 잡은 카우마가 빠르게 공기에서 열을 흡수하기 시작했다.

고오오오!

눈에 보이지는 않지만 소용돌이치며 카우마에게 빨려 가는 열기로 인해 빠르게 올라가던 기온이 다시 낮아졌다.

더 이상 바람을 만들어 내거나 조종할 마법사나 정령사도 없었지만, 한기와 더불어 공기 중의 열기가 카우마에게 소용

돌이치며 빨려들어 가는 관계로 주위 기온은 처음과 비슷하게 유지되고 있었다.

'됐어!'

토벌군 모두가 이동할 때까지 두 팀이 만들어 낸 공간의 기온을 낮게 유지하는 것은 별문제가 없었다.

'이제 이쪽이 문제네!'

3팀에 이어 다시 1팀이 블리자드를 만들어 내고 있는 공간의 기온을 낮게 유지하는 것이 문제다.

카우마가 무리를 하면 가능할 것 같긴 하지만 그녀는 아직 예전의 힘을 되찾지 못한 상태라 무리를 하면 좋지 않았다.

가온이 난감해하고 있을 때 생각지도 못했던 모둔의 의념이 전해졌다.

─온 님, 제가 카우마처럼 열기를 선택적으로 모을 수 있을 것 같아요.

'아!'

생각해 보니 모둔은 모든 속성의 에너지를 흡수할 수 있는 능력이 있었다.

'정말 잘됐다! 기온을 더 낮게 만들거나 블리자드를 유지할 필요는 없어. 접근하는 순간 날벌레가 활동할 수 없을 정도로만 대기 중의 열기를 모으는 방식으로 기온을 낮게 유지해 줘.'

즉시 소환된 모둔은 어렵지 않게 카우마와 같은 능력을 발휘했고 4만이 넘는 토벌군이 해당 공간을 통과할 때까지 한기를 어느 정도 유지할 수 있었다.

그런데 생각지도 못했던 녹스가 의념을 보내왔다.

-나도 독기를 더 흡수할래.

'이전에 흡수했던 건?'

-모둔처럼 모아서 구슬 형태로 만들어서 천천히 내 것으로 만들 생각이야.

한기에 얼어 죽은 독충들이 품고 있었던 독이 탐난 것이다. 금방 죽은 사체에 이끌려 모인 독충은 숫자를 세는 것이 불가능할 정도로 어마어마했다.

가온은 당연히 그러라고 했다.

온 클랜의 세 팀은 빠르게 이동하면서 동일한 크기의 공간에 블리자드와 동일한 효과를 가진 신기한 현상을 만들었고 카우마와 모둔은 토벌군이 통과할 때까지 그 공간의 기온을 낮게 유지했다.

토벌군은 비록 춥기는 했지만 독충에 시달리지 않는 것만으로도 충분히 기뻤다. 그만큼 독충은 그들을 지독하게 괴롭혔기 때문이다.

토벌군의 이동속도가 너무 빨라서 대원들의 작업이 끝날 때까지 잠시 대기해야 하는 상황도 있었지만 그런 방식으로 무사히 넓은 초지를 이동할 수 있었다.

비록 춥기는 했지만 이동하는 내내 감탄을 했던 구르텐 국왕은 어느새 카누를 이용해서 건넜던 호숫가에 도착했다.

"이제 호수군."

구르텐 국왕을 비롯한 토벌군은 수심이 대략 7미터에 달하는 호수를 바라보며 온 클랜이 어떤 방법으로 길을 뚫을지 기대했다.

"지난번에는 둑을 일으켜 세우고 뇌전구로 날벌레들은 물론 수생 생물들을 전멸시켰는데, 이번에도 같은 방법을 쓸까요?"

"그거야 알 수 없지."

바텐의 질문에 구르텐 국왕은 '혹시' 하는 생각이 들어 그렇게 대답했다.

이번에는 달쿤, 라쟈, 로탄, 오르넬이 활약할 차례다. 그들은 대지의 정령을 소환해서 호수 밑바닥의 진흙을 끌어 올려 둑을 만들기 시작했다.

물론 그들이 소환한 대지의 정령들로는 불가능한 일이었지만, 그들은 아무 걱정도 하지 않았다.

'대장님의 정령이 도와줄 거야.'

자신들이 소환한 정령계의 정령과 달리 온 대장의 자연정령은 엄청난 능력을 가지고 있었다.

그들의 믿음대로 호숫가에서부터 땅이 솟아오르자 엘프 정령사들이 바람의 정령을 소환해서 물을 빼기 시작했다.

물이 완전히 빠진 땅은 수면에서 무릎 높이만큼 올라가 있었고 폭은 1미터에 달해서 걷는 데 아무런 문제가 없었다.

문제는 수면 아래의 식인 물고기와 수생 마수 들과 수면 위쪽을 가득 채우고 있는 마충들이다.

토벌군이 호수를 건널 때는 드러난 피부에 마충이 싫어하는 비약을 덕지덕지 발랐고, 최대한 조용히 노를 저었지만 매번 백여 명이 넘는 사상자가 나왔었다.

마충에게 당한 경우도 있었고 괴물 물고기에게 카누까지 한꺼번에 통째로 삼켜지는 경우도 있었다.

또 커다란 아가리와 날카로운 이빨로 카누를 물어뜯어서 전복시킨 후 공격하는 악어류도 있었다.

일단 물에 빠지지 않는 것이 중요했다. 일단 호수에 빠지면 어디서 나타났는지 순식간에 모여드는 식인 물고기와 수생 마수에 의해 뼈도 제대로 남기지 못하는 최악의 상황이 벌어졌다.

그래서 토벌군은 호수를 무사히 건너 뭍에 오른 직후에는 대부분 다리가 풀렸다. 그만큼 엄청난 긴장과 불안 상태를 유지했기 때문이다.

호수를 가로지르는 둑이 빠르게 솟아오르는 것을 본 토벌군은 이동 준비를 했지만 구르텐 국왕의 명령은 아직 떨어지지 않았다.

"한기가 사라지지 않고 있어 다행이지만 왜 아직 신호를 하지 않는 거지?"

구르텐 국왕은 마치 새처럼 호수 위를 날고 있는 가온을 주시했지만 그는 이쪽에 아무런 관심이 없는 것 같았다.

그런데 그 이유는 곧 밝혀졌다. 온 클랜원들이 솟아오른 둑을 천천히 걸어가면서 일정 거리마다 호수 양편을 향해 한빙구를 던지기 시작한 것이다.

하지만 둑의 양쪽을 향해 한빙구를 던지는 온 클랜원들은 잔뜩 긴장한 상태였다. 마나가 주입된 한빙구가 한기를 방출되는 시점을 정확하게 예측해서 던져야만 했다.

한빙구가 둑에서 10미터 떨어진 호수의 수면 위 1미터 상공에 머무르는 타이밍에 한기가 방출되자 삽시간에 반경 10미터의 공간에 있는 날벌레들은 얼어붙었다.

한기를 방출하면서 호수 바닥에 가라앉는 한빙구로 인해서 10미터 반경은 삽시간에 살얼음이 되었다.

당연히 해당 공간에 있던 물고기와 수생 마수 들은 횡액을 당할 수밖에 없었다.

아주 천천히 이동하면서 둑을 솟아오르게 만들고 있는 대지의 정령사들을 제외한 온 클랜의 정령사와 마법사 들은 바람의 정령과 바람 마법으로 한빙구가 만들어 낸 한기를 둑 양쪽으로 날려 보냈다.

당연히 둑을 중심으로 양쪽으로 10미터까지는 아예 날벌레들을 찾아볼 수가 없었다.

마침내 하늘을 날고 있던 가온이 토벌군을 향해 신호를 했다.

"자! 가자!"

좁은 둑이기에 한 명씩 열을 지어 이동을 해야 했지만 속
도는 느릴 수밖에 없었다.

정예 전사들로 구성된 토벌군에서 앞사람과 충돌해서 호
수에 빠지는 실수를 할 정도로 멍청한 이는 없었다.

그렇게 빠르게 생성되는 둑을 통해서 호수를 가로지르고
있는 토벌군에는 온 클랜원들이 있었다.

일정 거리마다 토벌군에 합류한 온 클랜원들은 전사와 정
령사 혹은 마법사 들로 이루어져 있었는데, 한빙구의 효과가
떨어질 때가 되면 다시 한빙구를 던지고 정령이나 마법으로
한기를 극대화시켰다.

아가미가 아니라 폐로 호흡을 하기 때문에 가끔 수면 위로
올라오는 수생 마수들도 인간의 냄새를 맡긴 했지만 물을 통
해 전해지는 한기에는 기겁을 했다.

한기는 높은 수온에서 살아온 수생 마수나 다양한 물고기
들에게는 뇌전력보다 더 강력한 위력을 가지고 있었다.

덕분에 그리 많은 한빙구를 사용하지 않고도 토벌군은 둑
을 걸어서 호수를 안전하게 건널 수 있었다.

덕분에 토벌군은 카누를 타고 건널 때와 달리 호수를 너무
나 안전하게 건너고 있었다.

안전한 길을 여는 온 클랜을 따라 이동한 토벌군은 그날 저녁, 던전 밖에서 지는 해를 볼 수 있었다.

1왕녀는 자신의 두 혈육이 무사히 귀환한 모습에 두 남동 생의 품에 번갈아 안겨 펑펑 울기 시작했다.

가온을 포함한 온 클랜원들에게는 별다를 것이 없는 남매 들의 상봉이었지만 토벌군에게는 달랐다.

"세상에! 1왕녀께서 울고 계셔!"

"막후의 얼음 여왕이라는 분이 저런 모습을 보이실 줄이 야!"

"태어날 때부터 웃거나 울어 본 역사가 없는 분이라고 들 었는데, 우리와 같은 뜨거운 피와 감정을 가지신 거야!"

가온을 포함한 온 클랜원 대부분은 토벌군이 왜 이렇게 격 한 반응을 보이는지 의아하게 생각했지만, 반 홀랜드와 미노 스의 설명을 듣자 이해가 되었다.

어린 남동생이 왕위에 오른 후에도 무려 6년 동안 섭정을 해 온 1왕녀는 일반 국민들은 물론 기사를 포함한 귀족들에 게도 여왕으로 불렸다고 한다.

전사의 길을 중도에서 포기한 구르텐 국왕이 국정을 돌보 기 시작하자 기다렸다는 듯이 섭정의 자리에서 물러난 1왕녀 는 현 국왕보다 국민들의 큰 신뢰의 대상이기도 했다.

"외모는 딱히 뛰어나지 않지만 지혜로우며 지도자에게 필 요한 강단은 물론 자신이 믿는 정책을 밀어붙이고 설득하는 능력이 아주 탁월한 분입니다. 부족 연합에서 벗어나지 못하고 있었던 툴람 왕국을 5국 연합의 일원으로 성장시킨 업적을 세웠지요. 그런데 유일한 흠이 있습니다."

"외모에 자신이 없어서인지 아주 어릴 때를 제외하고는 항상 두꺼운 면사를 쓰며 아무런 감정이 느껴지지 않는 목소리로 인해서 '철혈의 여왕'이나 '막후의 얼음 여왕'과 같은 별명이 붙었습니다."

그래서 툴람 왕국의 사정에 밝은 반 홀랜드와 미노스가 1왕녀에 대해서 가온에게 설명을 해 주었다.

얼마 후 가온이 미노스와 나크 훈에게 뭔가 귀엣말을 하더니 은신 스킬을 펼쳐서 모습을 감추었다.

가온은 던전 안으로 뒤돌아갔다. 아직 정령들이 안에 머무르고 있었기 때문이다.

'녹스야, 아직 멀었어?'

─안쪽부터 붕괴되어서 그런지 독물들이 게이트 쪽을 향해 대규모로 움직이고 있어서 더 흡수할 수 있어.

정령인 녹스가 이렇게 욕심을 부리다니 참 별일이다.

'카우마는 그만하고 돌아가지.'

카우마는 이리저리 돌아다니면서 대기 중에서 열기를 흡수하고 있었다.

─괜찮다면 조금만 더했으면 좋겠어요.

'그 작업이 능력을 되찾는 데 도움이 되는 거니?'

-네. 용암처럼 고열을 방출하는 물질에서 열기를 흡수하면 빨리 능력을 되찾을 수 있지만, 이렇게 대기에서 열기를 흡수하는 것만으로도 그냥 쉬는 것보다 능력을 회복하는 시간을 크게 줄일 수 있어요.

도움이 된다니 어쩔 수 없었다.

'모둔, 넌 그만해도 돼.'

-온 님만 괜찮으시면 저 역시 녹스가 독을 그만 흡수할 때까지 열기를 흡수하고 싶어요.

'굳이 그럴 이유라도 있는 거야?'

-한빙구나 뇌전구는 특정한 원소력만 담을 수 있는 것이 아니거든요.

'두 개 모두 담고 있던 원소력이 모두 소진된 상태일 때는 동일하다는 거야?'

-네. 그 점을 이용해서 열기를 주입하면 열화구를 만들 수 있어요.

열화구라면 갓상점에서 본 적이 있었다. 강렬한 열기는 물론 화염까지 방출한다고 했다.

이건 굉장한 발견이다.

'모둔, 혹시 한기나 뇌기를 열기처럼 모을 수도 있어?'

마누의 경우에는 스스로 뇌기를 생성할 수 있지만 소모한 뇌기를 다시 충전하는 데는 시간이 굉장히 많이 걸린다.

만약 모둔이 뇌기를 뭉쳐서 구슬처럼 만들 수 있다면 마누가 뇌기를 충전하는 시간을 대폭 줄일 수 있었고 방전하는 전격의 양을 획기적으로 늘릴 수도 있었다.

─네. 당연히 가능해요. 심지어 녹스처럼 독기도 모을 수 있는 걸요.

그렇다면 사용한 구슬들에 필요한 원소력을 담아서 다양한 용도로 재활용할 수 있게 된다.

개당 20 명예 포인트를 절약할 수 있으며 영구적으로 사용할 수 있다는 얘기였다.

'그럼 계속 수고해 줘.'

모둔에게 그렇게 부탁한 가온은 앙헬을 불렀다.

'시킨 일은 어떻게 됐어?'

─마정석을 품고 있는 사체들은 모두 챙겼어요. 식용이 가능한 물고기들도 챙겼고요. 그런데 콰르처럼 마나를 늘려 주는 수생 마수는 없었어요.

'수고했어.'

마정석을 품고 있다면 수생 마수일 테니 마정석은 물론이고 사체도 이번에 독충과 흡혈충을 유인하는 용도로 활용할 수 있었다.

'아무래도 미리 얘기한 대로 던전 근처에서 며칠 더 머물러야겠네.'

점보 던전은 5국 연합의 입장에서는 횡액이나 다름없지만 가온에게는 그야말로 보물 같은 장소이다. 수백만 골드에

달하는 의뢰금에 다양한 전리품들까지 얻을 수 있었으니 말
이다.

새로운 차원

다행하게도 해가 지기 전에 던전을 빠져나왔지만 토벌군은 그리운 가족의 품으로 바로 달려가지 못했다. 일시에 그 많은 인원이 텔레포트 마법진을 사용할 수 없었기 때문이다.

그런데 놀랍게도 구르텐 국왕이나 국왕 대리인 1왕녀도 수도로 귀환하지 않고 게이트와 가까운 곳에 있는 숙영지에 머물렀다.

물론 그럴 이유가 있었다. 바로 온 클랜 때문이었다.

국왕은 수도로 귀환하는 것을 하루 늦추고 시간이 되어 로그아웃을 한 헤븐힐 일행을 제외한 온 클랜원들을 모두 자신의 막사로 불러서 온 클랜의 활약을 치하하며 술을 하사하는 시간을 가졌다.

그런데 툴람의 술은 너무 맛이 없었다.

자연스럽게 가온의 아공간에서 루시아산 와인과 맥주가 나올 수밖에 없었다.

국왕을 비롯한 툴람 왕국의 수뇌부가 아니라 제대로 쉬지도 못하고 의뢰를 연달아 수행한 고생한 대원들을 위무할 겸 내놓았다.

"으하하하! 전에도 느낀 거지만 마셔 본 것 중 가장 맛있는 술이네!"

루시아산 와인과 맥주를 연달아 마신 구르텐 국왕의 얼굴이 그 어느 때보다 환했다.

"온 대장, 대체 이런 술은 어디서 구한 거예요? 혹시 엘프나 드워프가 빚은 건가요?"

술맛에 빠진 건 국왕만이 아니었다. 놀랍게도 1왕녀 역시 꽤 술을 즐겼다.

"1왕녀 전하를 두고 세간에서 툴람의 현자라고 칭송한다는 말을 들었는데, 진정 영명하십니다."

가온이 짐짓 놀랐다는 얼굴로 그렇게 말을 하자 막사 안이 순간 조용해졌다.

"그, 그럼 진짜 이 술들을 엘프와 드워프가 빚은 건가요?"

물었던 1왕녀가 믿을 수 없다는 얼굴로 다시 물었다.

"그렇습니다. 와인과 맥주의 재료부터가 다릅니다. 그래서 적당한 양을 장복하면 몸이 건강해지고 마나가 증진되는 효과가 있습니다."

허니비 꿀에 비하면 크게 손색이 있지만 그런 긍정적인 효과가 있는 것은 사실이다.

거기에 와인의 경우 적당한 양을 마시면 수면 장애를 치료할 수도 있었고, 울적했던 기분을 풀어 주는 효과까지 있었다.

"그런데 정말 스파인 산맥에 조인족과 엘프족이 살고 있나?"

은근한 목소리로 물어보는 구르텐 국왕의 얼굴에는 나이나 신분과 어울리지 않는 짙은 호기심이 떠올라 있었다.

"그렇습니다."

"대체 그들과 어떤 인연을 맺었기에 바로 달려와 준 건가?"

그건 구르텐 국왕만 궁금한 것이 아닌지 막사 안이 조용해졌다.

심지어 뒤늦게 토벌군으로부터 조인족 얘기를 들은 클랜원들도 가온을 주시하고 있었다.

"인연이랄 것은 없습니다. 산맥을 넘기 위해서 준비했던 몇 가지 약이 오랜 세월 동안 격리된 상태로 살아가던 그들 일족의 아이 몇 명의 목숨을 구한 거지요. 그래서 한 번에 한해서 어떤 부탁이든 들어주겠다고 약속을 했고, 저는 의뢰를 위해 그들에게 부탁을 했을 뿐입니다."

"아!"

구구절절한 사연을 기대했던 사람들은 다소 실망했지만 궁금했던 것은 충분히 풀 수 있었다.

"그럼 다시 부를 수는 없는 거야?"

그렇게까지 묻는 것을 보니 구르텐 국왕은 조인족에 대해서 많이 궁금한 모양이다.

"연락할 수 있는 신물이 1회용이라서 그들을 다시 만나려면 스파인 산맥의 깊은 곳으로 다시 들어가야만 합니다."

거의 불가능하다는 얘기다.

"그렇군. 그나저나 온 클랜은 앞으로 어떻게 할 생각인가? 새로운 모험이 아무래도 끌리겠지?"

던전 클리어를 통해 받은 차원의 징표를 사용할지 여부를 묻는 것이다.

"그동안 제대로 쉬지도 못하고 달리기만 해서 당분간 휴식을 취하려고 합니다."

"그러고 보니 온 클랜의 본부는 어딘가? 소문에서는 언급이 되지 않은 것 같은데……."

"본부는 따로 없습니다. 굳이 말하면 철월검류의 종주이신 스승님께서 계신 장소가 되겠지요."

가온이 나크 훈을 쳐다보며 대답하자 다른 대원들이 고개를 끄덕였다.

"그럼 당분간 우리 왕국에서 지내는 건 어떤가?"

"툴람에서 말입니까?"

"그래. 지친 심신의 피로를 씻어 줄 수 있는 아주 좋은 온천이 있네. 나도 급한 정무만 처리하고 그곳으로 갈 생각이야. 풍광이 뛰어나거나 즐길 거리가 많은 곳들도 다녀 봤지만 그곳만큼 몸과 마음을 편안하게 해 주는 곳은 없었거든."

온천 얘기가 나오자 나크 훈부터 시작해서 나이가 지긋한 대원들이 혹한 얼굴이 되었다.

"인간은 물론 마수나 몬스터 들도 접근하기가 쉽지 않은 곳에 위치해 있고, 아는 이들도 거의 없기 때문에 번잡하지 않아서 더욱 좋다네. 여자들의 경우 하루만 온천욕을 해도 몸 안에 쌓인 해로운 노폐물이 싹 빠져서 피부가 눈에 띄게 좋아진다고 하더라고. 온천수를 식음하거나 음식을 조리할 때 사용하면 염증이 모조리 사라지고 붓기까지 빠져서 몸이 무척 가벼워지더라고."

구르텐 국왕의 설명이 이어지자 별 관심이 없었던 여자 대원들의 눈까지 초롱초롱해졌다.

곧 대원들의 뜨거운 시선이 가온에게 향했다. 그리고 그 시선에 담긴 뜻은 아주 명확했다.

"그나저나 벌써 새로운 차원을 건너갔다가 귀환한 이들이 나왔다고 들었는데, 들어온 정보가 좀 있습니까?"

온 클랜을 한동안 왕국의 모처에 붙잡아 두려는 계획을 성공적으로 수행한 구르텐 국왕이 1왕녀에게 물었다.

그러자 단숨에 장내 분위기가 들떴다.

토벌군 중 상당수가 던전 클리어의 보상으로 차원 이동의 징표를 받았기 때문이다.

"가장 먼저 던전을 클리어한 아그레시아 왕국의 자유 기사 중 일부가 차원을 넘어갔다가 귀환했다고 해요."

"신탁의 내용이 사실입니까?"

"대부분 사실인 것 같아요."

"그곳은 어떤 세상입니까?"

천생 전사인 구르텐 국왕은 강한 호기심을 드러냈다.

"아직 많은 정보가 쌓인 것이 아니라서 장담하기는 힘들지만 우리 세상과 크게 다르지 않은 것 같아요."

"다르지 않다고요?"

"네, 전하. 그곳은 그림자족, 영족 등 우리와는 다른 외모와 능력을 가진 유사인류가 수없이 많이 사는데, 그들은 그곳이 우리 차원의 상위 차원이라고 주장한답니다. 그리고 새로운 차원은 크기를 가늠할 수 없을 정도로 광대한 세상이지만, 그곳 역시 우리 세상처럼 다양한 마수와 몬스터 들이 서식하는 던전이 나타난 이후 멸망을 향한 길로 가고 있다고 해요."

1왕녀의 얘기는 구르텐 국왕이 원했던 그런 내용이 아니었다.

"일단 새로운 차원이 우리 세상과 다른 점은 수많은 신이

존재한다는 거예요. 그래서 징표를 받은 자들은 차원을 건너
가면 신들의 의뢰 중 적합한 것을 받아서 수행하고 보상을
수령할 수 있다고 해요. 그래서 그곳의 인간들은 차원을 건
너간 이들을 차원용병이라고 부른다고 하더군요."

"차원용병이라……."

아무래도 용병에 대한 부정적인 인식이 있는 사람들에게
는 꺼려지는 단어였지만, 그래도 차원을 건너가면 어떤 일을
하고 어떤 대가를 받는지에 대해서는 명확하게 이해할 수 있
는 단어였다.

"아그레시아의 자유 기사들이 그곳으로 건너가서 받은 의
뢰도 알려졌습니까?"

"한 인간의 도시를 침공하는 마물들을 격퇴하는 임무였다
고 해요. 사망자도 나왔지만 일부는 살아서 복귀한 거고요."

그렇다면 차원을 건너갈 때마다 그쪽 세상의 신으로부터
새로운 임무를 하달받는 방식일 것이다.

가온은 그 얘기를 들으면서 차원용병과 플레이어들의 큰
차이점 하나를 깨달을 수 있었다.

'캡슐을 사용하는 플레이어들은 부활할 수 있지만 차원용
병은 그곳 세상에서 죽으면 끝이다.'

굉장한 페널티였다.

'그럼 플레이어들의 경우에는 어떻게 되는 거지?'

분명히 차원 이동의 징표를 받은 초랭커들이 있으니 시간

이 지나면 알려질 것이다.

"혹시 성장과 관련된 다른 내용은 더 없습니까?"

1왕녀의 질문에 전사들의 눈빛이 다시 강렬해졌다.

분명히 신탁에서는 답보하고 있는 상태에서 벗어날 수 있는 새로운 길이 있다는 내용이 있다고 들은 것이다.

"그곳의 신들은 자신과 상성이 잘 맞는 차원용병을 적격자라고 부르며 계약을 맺을 경우 자신이 가진 특성이나 스킬을 부여하기도 하고 때로는 적격자의 성장을 도울 영웅급 존재를 붙여 주기도 한다고 해요."

그 역시 신탁에서 언급된 내용이었다.

"적격자라……. 차원을 건너간다고 모두가 성장할 수 있는 기회를 얻는 건 아니군."

구르텐 국왕은 뭘 기대했었는지 조금은 아쉬운 얼굴이 되었다.

"적격자가 아니더라도 새로운 차원은 우리 세상에 비해서 마나 농도가 짙은 곳이라서 오래 활동을 할 경우 마나 보유량을 쉽고 빠르게 늘릴 수 있다고 해요. 아! 그리고 그곳에서도 갓상점에 접속할 수 있다는 내용도 있어요. 차원용병이 받는 보수는 보통 명예 포인트라는 내용도 있었고요."

"그렇다면 차원용병이 받는 임무는 대부분 던전 공략이나 마수 혹은 몬스터 토벌이겠군요?"

묵묵히 두 사람의 대화를 듣고 있던 가온이 궁금증을 참지 못하고 끼어들었다.

"현재까지 수집된 정보로는 그래요."

"그럼 굳이 새로운 차원으로 건너갈 이유는 없지 않습니까?"

가온이 대화에 끼자 토벌군 수뇌부 한 명이 용기를 내어 질문했다.

"현재까지 알려진 정보를 고려하면 그래요. 우리 세상에도 기존에 있던 것들에 더해 새로운 던전들이 속속 발견되고 있고, 토벌해야 할 마수와 몬스터가 천지니까요. 게다가 보상으로 명예 포인트나 성장에 꼭 필요한 아이템이나 스킬을 받을 수도 있어요."

1왕녀의 대답에 신탁에도 언급된 새로운 차원에 대해 강한 호기심을 불태웠던 사람들의 눈빛이 약해졌다.

그리고 1왕녀는 아직도 새로운 차원에 대한 관심이 식지 않는 이들에게 쐐기를 박았다.

"아직 충분한 정보가 쌓인 것은 아니지만 개인적인 생각으로는 마나 보유량이 중요한 단계라면 모르겠지만, 깨달음이 더 중요한 검광 완숙자나 검기 완숙자의 경우에는 큰 메리트가 없을 것 같아요. 신의 선택을 받는 적격자가 알려진 바로는 이제까지 단 두 명에 불과하다는 정보도 있고요."

가온은 1왕녀의 말에 고개를 끄덕였다.

'확실히 일리가 있어. 이곳 탄 차원 사람들이 굳이 차원까

지 건너가서 위험을 감수하며 용병으로 활동할 메리트가 너무 적어.'

신의 선택을 받는 적격자가 아니라면 굳이 차원을 건너가서 고생할 이유가 없었다.

하지만 자신과 같은 플레이어는 다르다.

'플레이어들은 레벨업과 마나 축적량에 따라서 끝없이 성장할 수 있는 존재이니 차원을 건너가는 것이 도움이 될 거야.'

물론 플레이어라고 해서 무한정 성장할 수 있는 것은 아니지만 그래도 이곳 사람들보다는 유리하다.

'그렇다고 해도 웬만한 실력이 아니면 의뢰를 제대로 수행하기 힘들 거야.'

가온이 처음 신탁에 대한 이야기를 라헨드라로부터 들었을 때만 해도 이곳 사람들이 새로운 차원으로 건너가면 새로운 시스템이 적용되지 않을까 하는 생각을 했다.

그렇게 될 경우 차원 이동자들은 처음부터 다시 성장을 해야 하는 불리함이 있지만 플레이어들처럼 성장의 한계는 없다는 이점이 있었다.

하지만 지금 1왕녀의 말만 들어 보면 그렇지는 않은 것 같다. 정말 차원을 넘나드는 용병과 다름없었다.

1왕녀의 말이 끝났음에도 장내는 한동안 침묵이 유지되었다. 끓어올랐던 호기심과 성장에의 욕구가 한순간에 가라앉았다.

새로운 차원에 기대를 했던 사람들은 대부분 실망한 얼굴이었다. 신탁과 소문을 통해 알려진 것과는 상당한 차이가 있었기 때문이다.

새로운 차원으로 건너간다고 해서 반드시 정체되었던 실력을 높일 수 있을 거라곤 생각하지 않았지만, 지금까지 알려진 정보만 놓고 보면 이곳에서 열심히 던전을 공략하고 토벌을 하는 편이 나았다.

무엇보다 이곳은 정을 나눌 수 있는 가족과 지인이 있지 않은가. 복귀할 수는 있다고 해도 이제까지 쌓아 온 것들을 모두 버리고 생소한 이계로 건너가서 용병으로 활동한다는 것은 생각했던 것과 많이 달랐다.

'그곳에서는 우리가 이계인이겠네.'

플레이어가 아닌 모든 사람의 머릿속에 떠오른 생각이었다.

다음 권으로 이어집니다

ROK
MEDIA
로크미디어

이윤규 대체역사 소설

개혁군주

조선의 황혼기를 전성기로 바꿀
전후무후한 개혁 군주가 나타났다!

교통사고를 당하고
건륭 60년의 어린 순조로 깨어난
대통령 후보 공보

6년 뒤 정조의 사망과 함께 시작된 세도정치로 인해
조선이 서서히 몰락한다는 사실을 깨달은 그는
정조를 설득해 나라를 개혁하기로 결심하는데……

정조의 건강부터 동아시아 세력 개편까지
뜯어고칠 것은 많지만, 시간은 단 6년뿐!

예정된 파멸을 뛰어넘기 위해서는
모든 것을 뒤엎어야 한다!
조선을 미래로 이끌기 위한 분투가 펼쳐진다!

짐승같은 뉴비

예정후 퓨전 판타지 장편소설

모든 게이트 공략법은 머릿속에 있다!
절대자 뉴비(?)가 휘두르는 격노의 철권鐵拳!

차원 역류에 휘말려 야수계로 떨어진 최원호
야수계의 수왕獸王.이 되어
게이트 사태를 수습하고
'격신의 조각을 얻어 지구에 돌아오니……

레벨이 다시 1?

무리한 마나 운용으로 폐인이 된 동생
의식불명, 행방불명에 사망까지 한 친구들
신인류라 주장하는 테러리스트의 위협까지……

모든 걸 돌려놓아야 한다, 게이트 사태 이전으로!

야수계의 구원자, 최원호
업적을 복구해 지구를 구하라!

꿈의 도약, 로크에서 하십시오
(주)로크미디어에서 신인 작가를 모십니다

즐거운 세상, (주)로크미디어는 꿈을 사랑하고 도전을 두려워하지 않는 작가분들의 참신한 작품을 기다리고 있습니다. 21세기 장르 문학계를 이끌어 갈 차세대 선두 주자 (주)로크미디어에서 여러분의 나래를 활짝 펴 보시길 바랍니다.

모집 분야 판타지와 무협을 포함한 장르 문학
모집 대상 아마추어 작가, 인터넷 작가
모집 기한 수시 모집
작품 접수 시 유의 사항
1. 파일명은 작가명_작품명.hwp 형식을 갖춰 주십시오.
1. 파일에 들어갈 내용은 다음과 같습니다.
   - 성명(필명인 경우 실명을 밝혀 주세요), 연락처, 이메일 주소.
   - 제목, 기획 의도.
   - A4용지 1장 분량의 등장인물 소개.
   - A4용지 2장 분량의 전체 줄거리.
   - 본문.
1. 작품이 인터넷에 연재되고 있다면, 게시판명과 사이트의 구체적이고 정확한 주소를 기재해 주십시오.

선택된 작품은 정식 계약 후 출판물로 간행되어 전국 서점에 유통됩니다.
작가분은 (주)로크미디어의 전폭적인 지원하에 전속 작가로 활동하시게 됩니다.
※ 자세한 내용은 로크미디어 홈페이지(rokmedia.com)를 참조하세요.

(03920)서울시 마포구 성암로 330 DMC첨단산업센터 3층 318호
(주)로크미디어 편집부 신간 기획 담당자 앞
전화 : 02)3273-5135
www.rokmedia.com   이메일 : rokmedia@empas.com

만렙닥터

13월생 현대 판타지 장편소설

리턴즈

인생 2회 차 경력직 신입
칼솜씨도, 인성도 '만렙'인 의사가 돌아왔다!

만성 인력난에 시달리는 흉부외과에 들어온 인턴
메스도 잡아 본 적 없는 주제에
죽을 생명을 여럿 살려 내기 시작한다?

"이 새끼, 꼴통 맞네."
"죄송합니다."
"잘했어!"
"네?"

출세만을 좇으며 살았던 전생
이렇게 된 이상 인생도 재수술 한번 가자!

무데뽀(?) 정신으로 무장한 회귀 의사
이제부터 모든 상황은 내가 집도한다!

魔 南 宮 帝 남궁마제

문운도 신무협 장편소설

회귀한 뇌왕, 가족을 지키기 위해
정파의 중심에서 제대로 흑화하다!

세상을 뒤집으려는 귀천성에 맞서 싸우다
가족을 모두 잃고 제물로 바쳐진 뇌왕 남궁진화
마지막 순간 원수의 뒤통수를 치고 죽으려 했으나
제물을 바치는 진법이 뒤틀리며 과거로 회귀하다!?

남궁세가의 양자가 된 어린 시절로 돌아온 후
귀천성이 노리는 자신의 체질을 연구하다 기연을 얻고
회귀 전과 다른 엄청난 미모와 함께
뇌전의 비밀마저 알아내 경지를 뛰어넘는데……

가족들에게는 꽃처럼 사랑스러운 막내지만
적이라면 일단 패고 보는 패악질의 끝판왕!
귀천성 때려잡기에 나서다!